鬼神の力に覚醒する
The weakest spellcaster awakens to the power of the demon god

「まずは手のひらと手のひらを重ねるのじゃ」
「ああ」
邦洋が言われたとおりにすると、
少女鬼の手のひらは小さくひんやりとしていた。
「《汝の身は我が手に。我が身は汝の手に。
暗き月の下、古き大神の巨眼に
守られともに光なき道を行かん》」
少女鬼と同じ言葉を告げる。
彼らの手のひらから白い光が淡く発し、
邦洋の体内から霊力が少女鬼に流れていく。
高井戸邦洋【たかいど くにひろ】
霊力はどうにか人並みにあるが、呪術はいっさい使えない落ちこぼれ。黒東学園では入学後、一番下のクラス「蒼雛」に配属される。

◉煉【れん】

最強格の鬼族の少女。何者かに襲撃されていたところ、自分を守るために邦洋に式神契約を持ちかけ、代わりに鬼呪を授ける。

「俺が削るから、
とどめを刺すのを頼んでいいか」
◉百草園椿【もぐさえんつばき】
霊装［三代目兼定］を携える、邦洋の同級生。
呪術の才があり学園には首席で入学、最上
位クラス「黒虎」に所属。

「ああ、任せた」

「結界を使うことから予想はしておったが、
【渡り鬼】なのじゃろうな」

◉啓蟄【けいちつ】
《渡り鬼》
「くかかか！
啓蟄を人の子風情が倒すというのか！」

Glossary

The weakest spellcaster awakens to the power of the demon god

● 用語解説

瘴霊
【しょうれい】

怨霊、悪魔、妖怪とも。人間に対して敵意を抱き、害をなす異形の呼称。国や時代によって呼び方は変化するが、祓うべき対象であることに変わりはない。

鬼
【おに】

瘴霊の中でもひときわ強大な力を持ち、恐れられる種。特に強力無比な個体は“鬼神”と呼ばれることもある。

黒纏
【こくてん】

現代における瘴霊を祓う人間たちの総称。

黒東学園
【こくとうがくえん】

1965年の第四次鬼神討伐で黒纏に大きな被害が出た結果、人手不足を解消するため、また「鬼神を筆頭とする瘴霊たちとの戦いは今後も予想される」ため、当時の黒纏のトップ・安倍孝明の提案で複数の育成機関が設立された。そのうち、黒東学園は関東一帯の人員発掘・育成を担う。

クラス別け

入学時の成績順に黒虎《こくこ》＞白狼《はくろう》＞緋鳥《ひどり》＞蒼雛《そうすう》の４クラスに別れる。定期的な試験がおこなわれ、結果に基づいてクラスが替わることも。

最弱呪術師、鬼神の力に覚醒する

相野 仁

角川スニーカー文庫

23078

Contents

The weakest spellcaster awakens to the power of the demon god

目次

illustration : クロがねや
design work : atd inc.

プロローグ

夢だった黒東学園《こくとうがくえん》に合格して意気揚々と入学式に出た邦洋《くにひろ》は、さっそく打ちのめされていた。

「術式発動！　炎刃《えんじん》！」

ひとりの男子がうっすらと白い光を放ったあと、火の剣を右手に発現させ敵を攻撃し、

「術式発動！　泥拘《でいこう》！」

ある女子生徒は地面から泥の手を作り出して、相手を拘束する。

いま行われているのは新入生のクラスふりわけ試験。

黒東学園は呪術師を育成する名門校のひとつであり、邦洋を含めて全員が呪術師のタマゴなのだ。

彼らはいま自分たちが使える術式を用いて模擬戦闘をやっている。

術式を使えない邦洋はあっという間に倒されてしまい、隅で邪魔にならないようにぼうっと他の生徒の戦闘を見ている。

「術式発動！　遊躍《ゆうやく》！」

ひとりの男子が補助術式を使って軽快に跳ね回り、周囲をかく乱していた。

そんな中、赤い氷の雨が舞ったあと、何人もの生徒を同時に撃破する少女がいた。

【術式発動：氷紅雨《ひこうう》】

他の生徒と違って、術式の名を叫ぶ必要がないらしい。

邦洋から見てもひとりだけ頭が抜けているように感じられる。

「やはり百草園《もぐさえん》がトップか」

と試験官役の教師が納得の顔でつぶやく。

「すごいな」

邦洋は悔しさをこらえながら認める。

みんな同い年なのに風の術式、土の術式、火の術式、氷の術式を使っていた。

何もできない、呪術師としての適性があるだけの落ちこぼれにすぎないのだと、いやでも思い知らされる。

第一項「運命の出会い」

「カッコイイヒーローになりたかったのに、一番下かよ。だっせー」

高井戸《たかいど》邦洋《くにひろ》は帰り道、自嘲して曇り空をあおぐ。

クラスふりわけ試験で最下位になった彼は、もちろん一番下のクラス『蒼雛《そうすう》』に配属されたのだ。

人類には天敵が存在する。

瘴霊《しょうれい》——かつて悪魔、妖怪、モンスターとさまざまな呼ばれ方をしていた存在の正式な呼称だ。

その瘴霊に対抗するために呪術と呪術師は存在し、邦洋が入学した「黒東《こくとう》学園」のような教育機関が運営されている。

「……うん？」

邦洋は違和感を覚えて足を止め、周囲を見回した。

一見、何の変哲もない住宅街である。

だが、だからこそおかしい。

「何で誰もいないんだ？」

と違和感を声に出す。

さっきまで下校中の学生、子どもを連れている主婦の姿があったはずだ。

車の音、子どもの声、人の気配。

すべてが何もないとこんなにも静かで、不気味な空間が出来上がるのか。

邦洋は自分が何かに巻き込まれた可能性を想像したが、何に巻き込まれたのかを把握するには知識も経験も足りなかった。

「もしかして神隠しってやつか？　帰りてえ」

とつぶやくが、帰り方などわからない。

押し寄せてくる不安から逃避するべく、邦洋は足を動かした。

とにかく情報が欲しかったからだが、体感時間で十分ほど歩いたころ、前方に倒れている人影を発見する。

「……あれは何だ？」

普通だったら邦洋は急病で人が倒れていると考え、救急車を呼んだだろう。

だが、ここはどこなのかわからない世界であり、自分の常識を当てはめていいものか、疑わしい。

「……霊力を感じるけど、弱いな。人間か？」

未熟な邦洋が感じとれる微弱な気配からは、相手が人間かどうか判別は難しかった。

悩んだ末、彼は倒れている存在に近づく。

（もしかしたら俺と同じ、この空間に迷い込んだのかも）

と期待したからだ。

であれば味方とまでいかなくとも、協力者にはなれるかもしれない。

「もしもし」

果たして正しい声のかけ方なのかと思ったが、どうでもいい部類だと邦洋は自分に言い聞かせる。

「……ん？」

人影はゆっくりとだが身を起こし、彼を見上げた。

古風な日本人形のような美少女だが、額には角が生えている。

「……まさか鬼か」

邦洋は全身が恐怖で冷えることを実感した。

鬼とは強大な瘴霊の代表格であり、生半可な呪術師が束になって挑んでも死体の山を築くだけだと彼でも聞いたことがある。

「まさかは妾《わらわ》の言葉よ。無力な人の子が我が結界に迷い込むとは」

「最悪だ」

少女鬼の言葉を聞いて邦洋は絶望する。

人間が呪術を使うように、瘴霊の中にも術を使える者がいる。

そして使える者は同種の中でも特に強いと相場が決まっている。

高校生になったばかりの邦洋ですら知っている有名な情報だ。

「そう嘆くな。妾と取引をせぬか？」

「取引？」

少女鬼の申し出に彼は怪訝《けげん》に思う。

だが、同時にこれは希望でもあった。

結界を使える鬼など、彼が千人いても逃げられるかわからないほどの強敵。

戦闘を避けられるなら、生存率が〇・〇一パーセントくらいはあがるだろう。

「見たところそなたは霊力こそ並じゃが、術式を扱う才能があるまい？」

「――っ」

あっさり自分の弱点を見抜かれ、邦洋は絶句する。

霊力が呪術師として平均はあるが、ほかに何もない落ちこぼれ。

同学年最弱の呪術師というのが彼に与えられた評価だ。

「妾と式神契約せよ。さすればそなたの式神になってやるし、そなたでも扱える術式を伝授することは可能じゃろう」

「……？」

邦洋にとっては望外の、そしてメリットしかない提案だ。

だからこそ疑問が色濃く、首をかしげてしまう。

「何で俺に利益を提示してくれるんだ？」

鬼ならただ自分をいいように利用するくらいできるはずだ。

それも彼よりもはるかに優れた呪術師を。

あまりにも彼にとって有利すぎる話に、邦洋は釈然《しゃくぜん》としない。

「……気づいておらぬのか。妾の結界に入って来おったと期待しすぎたか……？」

少女鬼は訳のわからないことをつぶやく。

「仕方ない。妾はいま諸事情によって、霊力のほとんどを失っておる。そなたならいざ知らず、一線級の呪術師との戦いは避けたい程度にな」

と彼女は言い出す。

（擬態じゃなかったのか）

邦洋は内心驚く。

目の前の鬼の霊力が自分よりも下だと感じていたが、それは油断を誘うためのものだと決めつけていたのだった。

「そなたと式神契約すれば、呪術師に狙われる危険を減らせる。そしてそなたを利用して消耗した力の回復もしやすくなる。どうじゃ？　妾にとっての利点を理解できるか？」

少女鬼からの質問に邦洋は若干見下されているような気がしたが、立場上仕方がないことだ。

「うん」

邦洋は一応納得する。

本当に契約していいのか？　という不安が消えたわけじゃない。

だが、彼は先ほど学園で打ちのめされ、己の無力さを突き付けられたばかりだった。

(ガキの頃、俺を助けてくれた呪術師みたいになりたかったのに)

という想《おも》いが改めて呼び覚まされる。

「いや、待てよ。式神か」

たしか彼を助けてくれた呪術師もヘビと鳥のような式神を使役していたはずだ。

つまり呪術師として式神と契約するのはアリなのだろう。

少女鬼はゆっくりと立ち上がって彼を見上げる。

背格好から判断するなら年齢は十二、三歳くらいだろう。

もっとも鬼に外見年齢なんて意味ないのだが。

「どうする？」

「……わかった。契約をしよう。何もできない自分はもういやだ」

すこし考えて邦洋は決断する。

あこがれの呪術師の存在とクラスふりわけ試験の結果。

このふたつがなければおそらく踏み出せなかっただろう。

「契約を交わすまじないの言葉を知っておるか？」

「知らない」

少女鬼の問いかけに邦洋は首を横に振る。

代々続く名家でもないかぎり、呪術の詠唱は教育機関で教わるもので、彼はまだその段階に入っていない。

「ならば妾の言葉を復唱するがいい」

と少女鬼は右手を広げて差し出す。

「まずは手のひらと手のひらを重ねるのじゃ」

「ああ」

邦洋が言われたとおりにすると、少女鬼の手のひらは小さくひんやりとしていた。

「《汝《なんじ》の身は我が手に。我が身は汝の手に。暗き月の下、古き大神《おおがみ》の巨眼《まなこ》に守られともに光なき道を行かん》」

「《汝の身は我が手に。我が身は汝の手に。暗き月の下、古き大神の巨眼に守られともに光なき道を行かん》」

少女鬼と同じ言葉を告げる。

彼らの手のひらから白い光が淡く発し、邦洋の体内から霊力が少女鬼に流れていく。

「《我は汝を守るもの》」

と少女鬼が言うと、

「《我は汝を使役するもの》」

邦洋の口から勝手に言葉がつむがれる。

驚愕《きょうがく》に目を開いた彼に、少女鬼が気にするなと目で告げた。

「《我らの契《ちぎ》りをここに刻まん》」

「《我らの契りをここに刻まん》」

呪文を終えて口を閉じると、邦洋は疲労感に襲われるとともに、少女鬼とたしかなつながりを感じる。

「これが契約回路《バス》がつながるというやつじゃな。誰かと契約したのは初めてなんじゃが」

少女鬼は不思議そうに自分の両手を見つめ、手を閉じて開く。

邦洋の気のせいでなければだいぶ顔色がよくなっている。

「たったいま、そなたは我が主《あるじ》となった。順序違いの気もするが、名を聞かせてもらおうか？」

「高井戸邦洋だ」

少女鬼の問いに邦洋が答える。

「くにひろ、じゃな。妾の名前じゃが、煉《れん》と呼んでくれ。本名は好きでないのでな」

「わかった」

と邦洋はうなずき、煉の顔を見た。

「さっきより元気そうだな」

「うむ。そなたと契約して霊力が流れてきたおかげじゃ」

と彼女は答え、彼をじっと見つめ返す。

「ではさっそく約束に従い、そなたの力となろう。と言っても力はまださほど戻っておらぬので、期待されても困るのじゃが」

老獪《ろうかい》という言葉が似合いそうな笑みを浮かべる煉に対し、

「じゃあさっそく術式について教えてもらえないか？」

と邦洋は要求する。

弱っていたのが事実なら、いきなり強大な戦力にはならないかもしれない。

だが、鬼の武器は何も戦闘力だけではない。

「もちろんじゃが、その前に確認したい。そなたはいくつ術式を使える？　そなたの得手不得手と相談したほうが効率はよいからのう」

「それが、俺はひとつも術式を使えないんだ」

邦洋は自嘲しながら答える。

「ふむ？」

煉は小首をかしげた。

「霊力は並より多いのに珍しいのう」

彼女のつぶやきが彼にグサッと刺さる。

「俺も自分に期待してた時期はあったんだけど、実際は落ちこぼれだったんだよ」

「なるほど。だが、まだわからんぞ？」

自嘲を続ける邦洋に煉は言う。

「我ら鬼の術式——人の子らのいう『鬼呪《きじゅ》』は系統が異なるからのう。呪術師としての才とは関係ないのじゃ」

「だといいんだが」

煉の言葉に素直にうなずけなかった邦洋だが、同時に希望を捨てられないでいた。

そんな彼の心理を見透かすように煉は微笑《ほほえ》む。

「ではかがんでくれ」

煉に言われたように邦洋がかがむと、彼女はつま先立ちをして己の顔を彼のものに近づける。

「⁉」

まずはやわらかいものが邦洋の唇に触れた。

キスされているのだと気づいたのは二秒ほどたってからで、直後に熱いものが自分の体内に入って脳へ駆け上がる感覚に襲われる。

「ぷはっ」

煉は唇を離す。

「な、何をするんだ？」

「言葉を用いるより脳に流し込むほうがてっとり早いと思っての。どうじゃ？」

煉はニヤリと笑って聞く。

「言われてみれば、まったく知らない術式が頭に浮かぶな」

邦洋は何もない地面に視線を落とす。

短い時間で自分の知識がすっかり上書きされたようだった。

「さっそく使ってみるといい。何しろ我らの鬼呪を人の子が使ったという話は、妾も聞いたことがない」

「おい⁉」

しれっと梯子《はしご》を外すような発言を煉がしたので、邦洋は目を見開いて抗議する。

「さすがにこれくらいは言わずとも知っておると思うたのじゃが……」

煉は心外そうに彼を見つめた。

「うぐっ。無知については俺も悪いか」

人と鬼とで常識が違うのは当たり前のことだ。

きちんと事前にすり合わせなかった自分も悪いと邦洋は認める。

(それだけ浮かれていたんだよな。術式を使えるかもしれないって)

と己を戒《いまし》めた。

「簡単な一式から使っていくがよい」

「そうしよう」

邦洋は煉から体をずらし何もない空間に向かい、左手をかざす。

【鬼呪顕現：白虹円《はっこうえん》】

白い光を放つ炎を円状に放出する術式だ。

黒い光が一瞬ほとばしったかと思うと、何もない地面に白い炎が着弾して燃え上がる。

「ほう。いきなり成功させるとはのう。どうやらそなた、鬼呪とはかなり相性がよさそうじゃのう」

と煉が感心した。

「相性？」

邦洋が聞き返すと、煉はうなずいた。

「そなたは呪術師としてどう見ても未熟。にもかかわらず、妾の結界に入って来られたのは相性がよいとしか考えられなかったのでな」

「なるほど、そういうことなのか」

煉に言われてみて、邦洋は納得する。

「うむ。いくら術式を脳で知ったとは言え、成功できるかは本人の素養と鍛錬次第じゃからな。頭で覚えただけで強くなるほど安くはないぞ」

と煉は語る。

邦洋はうれしさに体を震わせた。

呪術師としての成功体験なんてなかった彼にとっては、初めて尽くしで喜び尽くしとでも言うべきことだ。

「せっかくだからほかの術式も練習していいかな?」

「どんどんしたほうがよいぞ」

邦洋の背を押すように煉は笑顔で言った。

邦洋はいくつかの術式を発動させたが、すべて一度で成功させた。

「信じられぬ。想像以上のようじゃ」

煉はぽかんと口を開ける。

古風で凜《りん》とした表情が似合う彼女が間抜けな顔になるのは、ギャップが凄《すさ》まじい。

「授けた術式をすべて一度で成功とはのう」

「俺も驚いているよ」

邦洋も彼女の驚きに共感する。

「何の才能もなかった俺が、鬼呪の才能はあったってことなのか?」

と彼は疑問を口にする。

「ありえぬと言いたいところじゃが、目の前で見てしまったからのう」

と言った煉の表情にはまだ驚きが残っていた。

「普通の素質がないかわり、異質な才を持って生まれる者がまれにおるのは事実じゃ。邦洋はそれが鬼呪を扱う才というわけじゃな」

「マジか……」

邦洋は喜び半分、残り半分が困惑と驚愕というところである。

ほしいと思っていた才能と近いものがある日自分にあったと発覚した。

「意外と感情がついてこないもんなんだな」

「そんなものじゃろ。いきなり己の才を知ったのじゃから」

煉は当然だと笑う。

「すこしずつ実感するようになるじゃろう」

「だといいけどな」

邦洋が答えると、彼女はじっと彼を見つめる。

「そろそろ結界を解きたいのじゃが、かまわぬか？」

「ああ、いいんじゃないか」

邦洋が返事をすると、ガラスが割れるような音とともに空間がひび割れ、彼はさっきの道に立っていた。

道行く人たちにしてみれば突然彼と煉が姿を現したように見えたはずだが、誰も疑問にすら思っていないようだ。

「誰も騒がないのも、鬼呪の効果か？」

と潜めた声で邦洋は聞く。

「そうじゃ。『鬼隠れの術』とでも言おうか。階位の低い術じゃから鬼呪に慣れればそなたも使えるようになる」

煉の回答に彼は大いに期待を抱いた。

「ならもっと頑張らないとな」

邦洋は力強く言う。

希望があるからこそ、やる気が出る。

「ところで邦洋の家に行きながらでいい、もっとそなたのことを教えてくれぬか？　妾はこれからそなたの式神をやるのだからのう」

煉の要求は当然のものだった。

「かまわないんだが、あまりいい話じゃないぞ。俺はたぶん学園で一番弱い呪術師だから」

「妾と契約する前は、じゃろう」

邦洋の弱気と自虐《じぎゃく》を煉が笑い飛ばす。

「おっと、そうだな。そのつもりでいなきゃ」

意識改革が必要だなと邦洋は自分に言い聞かせる。

「それで？　俺の何が聞きたいんだ？」

と彼は問いかけた。

「落ちこぼれと言ったじゃろう？　つまり他の呪術師と比較する手段があるということではないか？」

「……うん？」

煉の言葉に邦洋は首をひねる。

そしてふと気づいた。

相手は鬼なのだから、人間のことは知らない前提で考えたほうがいいのではないかと。

「そうか。俺がどういう暮らしをするのか、人間の暮らしはどんなものか、そこから教えたほうがいいのか？」

「頼む」

と煉は言った。

「じゃあ俺は今年から黒東学園ってところに通ってるんだ。一人前の呪術師になるために
な」

「ふむ。妾が知っておるのは陰陽寮《おんみようりよう》くらいじゃのう」

煉が口にした単語を邦洋は知らなかったので、ひとまずスルーする。

「実力を測定した結果四つのクラス、組に分けられる仕組みなんだ。俺が配属されたのは
一番下の組『蒼雛』なんだ」

「なるほど。それなら自分が劣っているという認識になるわけか」

煉は納得したらしくうなずく。

「そうなんだ」

「いまから序列をあげていけばよかろう」

と煉は発破をかける。

「うん」

邦洋は強気な彼女の物言いが心地よく感じた。

「だからたくさん練習したい」

「ならば怪宮《ダンジヨン》はどうじゃ？　人間が造った修行場もあるじゃろう？」

彼のつぶやきを拾った煉が提案する。

「そうだった。怪宮がいいか」

と邦洋は手を叩《たた》き、

「確認しておきたいんだが、怪宮の中でも鬼呪って使えるよな？」

彼女に聞く。

「当たり前じゃ」

煉は勇猛な笑みを浮かべる。

「妾の本来の力が戻ったら軟弱な人造怪宮なんぞ、破壊してしまうやもしれんぞ？」

「はったりに聞こえないのがこわいな」

邦洋は心強いと笑う。

「はったり？」

煉は心外そうに首をひねる。

「学生証があれば入れる怪宮はあるはずだから、そっちに足を運んでみよう」

邦洋は気づかないフリをして予定を話す。

「賛成じゃ」

煉はうっすらと笑う。

第二項「怪宮《ダンジョン》での修行」

　怪宮を簡単に説明するなら、瘴霊が多数存在している迷宮化した領域のことだ。

　呪術師の修行場とするために人の手で造り出されたものと、自然が怪宮化してしまったものの二種類存在する。

「自然のものは危険度が段違いだとは学園で説明されたな」

「当然じゃろうな」

　邦洋《くにひろ》と煉《れん》は会話しながら歩き、目的地の「代々木怪宮」に着く。

　入り口は何の変哲もない小さな公園だった。

　人気《ひとけ》がなく、遊具が何もないのはやむを得ないだろう。

　地下への入り口にはふたりの黒服の男性が立っている。

「何とも無防備じゃのう」

　呆《あき》れた声を出したのは煉だ。

「まあ人造だし、最低限の見張りがいれば充分って判断なんだろう。自然の怪宮、見たことないけど」

と邦洋は答える。

見張りふたりは煉に気づいた様子がなく、彼に話しかけた。

「黒東《こくとう》の学生か？」

「はい、そうです」

と邦洋は答える。

鬼の式神をどう説明したらいいのか彼は思いついていなかったし、彼らが気づいていないなら と言及もしなかった。

「中に入りたいなら、学生証を見せてもらおう」

当然の指示なので彼は制服の胸ポケットに入れていた自分の学生証を提示する。

「……君は蒼雛《そうすう》なのか？　この中は危険だぞ？」

黒服は気遣うように言う。

蒼雛が一番下のクラスだとは彼らも知っているのだろう。

「危なかったらすぐに引き返しますから。俺は強くなりたいんです」

と邦洋は頼む。

「強くなりたいって子を止める理由はないが……」

黒服ふたりは渋い顔をしながらも通してくれた。

岩で造られた階段を降りながら、

「気づかれなかったな」

と邦洋はつぶやく。

もちろん隣にいる煉の存在だ。

「あやつらは呪術師としての心得はあるが戦闘職ではない、末端構成員と言ったところじゃろう」

彼女は自分の予想を話す。

「あの程度の輩《やから》に見抜かれるほど、妾は弱っておらぬわ」

傲慢《ごうまん》な言葉も邦洋には頼もしく聞こえる。

「つまり俺も頑張らなきゃ使いこなせないってわけだな」

邦洋が言うと、当然と煉はうなずく。

「怪宮に出る瘴霊を倒し、霊力を回収して器を鍛えるがよい。妾も力を回復できて一石二鳥というやつじゃな」

たんに鬼呪の練習をする場ではないということだ。

明確な言葉で言われたおかげで、邦洋もはっきりと目標意識を持てる。

「鬼呪を使って倒しまくればいいんだろ？」

と彼は要約して腕まくりをした。

「そのとおりじゃが、単純化しすぎじゃないか？」

煉は苦笑する。

彼らが談笑できるのも人工怪宮はもっと奥に進んでいかないと、瘴霊が出てこない仕組みになっているからだ。

おまけにいまは人の気配もない。

邦洋が意気込んで五十歩ほど進むと、黒い霧が発生して紫色の皮膚の大きなカエル型瘴霊が出現する。

【鬼呪顕現：陽華《ようか》】

邦洋が選択したのは赤い業火《ごうか》の玉を一直線に放つ術式だった。

「GUEEEE」

おぞましい断末魔を残して瘴霊は消滅する。

「勝てた……ひとりで瘴霊に勝てた」

邦洋は達成感で思わずガッツポーズを作った。

「うむ。まずは大きな一歩じゃろう」

左にたたずむ煉が満足そうに言う。

「煉は戦わないのか？」

　と彼は聞いてみる。

「いま戦うと回復速度が落ちるからのう。そなたひとりでは厳しい存在と遭遇したときに備えて休んだほうがよいと思うてな」

「頼りになる式神だ」

　彼女の狙いを教わった邦洋は感謝する。

　同時に彼女が力をふるう展開はなるべく避けたいと願う。

「術式は使うほど習熟度があがるし、瘴霊を倒すほど器が広がるって認識でいいんだよな？」

　と邦洋は確認する。

「その認識でよい。いま程度の瘴霊では数をこなさねばさほど恩恵は得られぬと思うが」

　煉はうなずいて返事した。

「その分リスクが低めだから仕方ないよな」

　邦洋は応じる。

　低いリスクで瘴霊との戦闘経験を積めるのだから、文句を言えないと思うのだ。

「危険を冒せる状態でもないからのう」

と煉も同意する。

そしてふたりは先に進み、瘴霊と戦闘していく。

コウモリのような瘴霊、ヘビのような瘴霊を倒したあと、

「どうやら一体ずつしか出ないようじゃのう」

と煉は言った。

「ここはまだ一階だしなあ」

と邦洋は答える。

立ち止まっている間、次の瘴霊は襲ってこないと判断しての会話だ。

「危険と言えば下の階層に行くほど危険なんだが、今日は二階で引き返すか？」

と邦洋は提案する。

「二階層とやらの瘴霊の強さを見てみないと、何とも言えぬな」

煉はそう答えた。

「まずは二階を目指そうか」

「うむ」

ふたりは簡単に打ち合わせをして、再びまっすぐに歩き出す。

【鬼呪顕現：陽華】

邦洋は『陽華』を放ってまた一体瘴霊を撃破した。

「すこしずつだけど、馴染《なじ》んできた気がする」

彼は自分の指先を見ながら言う。

「よい傾向じゃ。術式を使う上でその『馴染む』感覚は最も重要じゃからな。本当にそなたは異数の才があったの」

煉はにこやかに彼を褒める。

「順調なのか。逆にわかんないな」

邦洋は言ってからぜいたくな悩みかも、と思った。

「そのうち実感できるじゃろ。話を聞いたかぎり、そのうち他の呪術師と腕比べする機会はありそうじゃ」

煉の言葉に邦洋はうなずく。

「試験とかな。その日までに強くなっておきたいな。緋鳥《ひどり》に上がれるくらいには」

「緋鳥？」

彼女が首をひねったのを見て、

「ああ。いまの俺の組のひとつ上だよ。成績を上げたら上の組に転籍することは可能な仕組みらしいんだ」

と邦洋は説明する。

「なるほどのう。どうせなら一番上を目指せと言いたいが、自信を得る機会がないなら難しいところじゃな」

煉の言葉はもっともだ。

「とりあえず代々木怪宮制覇を当面の目標にしてみようか。怪宮をひとつ制覇できれば、それなりって思えるから」

と邦洋は決める。

「うむ。それでいいじゃろう。そなたも妾もまずは力をたくわえねばのう」

煉は賛成し、彼はすこし安堵《あんど》した。

鬼だから感覚が違っている可能性を想定していたが、意外と彼女は現実的かつ慎重であるらしい。

彼らは第二階層へと足を踏み入れたが、見た目は上の階層と何も変わらなかった。

「むしろ何階にいるのか覚えておくほうが大変かもな」

と言って煉は笑う。

彼女なりの冗談だと判断したので邦洋も相好《そうごう》を崩す。

「この怪宮は四階くらいらしいからさすがに大丈夫だよ」

と答えてから面白みがないなと彼は思う。

「ふむ。初心者向けということか？」

「どうだろう？　学生でも立ち入りが許されるくらいだから、難易度は低めなのは事実だろう」

と邦洋は答えて足を動かす。

現れたのはコウモリ型の瘴霊だ。

【鬼呪顕現：紅炎《こうえん》】

彼は発動させる術式を変える。

次に選んだのは対象を直接紅蓮《ぐれん》の炎で包んで燃やす術式だ。

瘴霊の断末魔の悲鳴がほどなく聞こえる。

「ほう？　発現型も問題なく成功させたか。邦洋はつくづく鬼呪と相性がよいのう」

煉は目を丸くして感心した。

発現型と言うのは、距離のある場所で発動させるタイプのことだろう。

「陽華より難易度は高いのか？」

と邦洋が聞く。

「適性次第じゃ。そなたは射出型と発現型、どちらも優秀のようじゃ。もしかして、鬼呪を扱うことに特化しておるのかもしれんな」

煉は褒めながら、彼の資質について推測する。

「それってつまり、鬼と契約しないかぎり芽が出ないってことじゃないか？」

邦洋は思わず口にしていた。

「そうなる」

煉は真顔で肯定する。

「煉と知り合えたのは運がよかったんだな」

彼は真剣に言った。

「なんのお互いさまじゃ」

煉は年ごろの少女のような可憐《かれん》な笑顔を作る。

「そなたが鬼呪を扱う才がなかった場合、共倒れになるおそれが高いからな」

「そっか」

邦洋は小さくうなずく。

事情は知らないが彼女は追い詰められた状況だったのだ。

彼と契約して状況が好転するかどうか、彼女にとって賭けだったのだろう。

（ギャンブルだったのはお互いさまで、いまのところどっちも勝ちってことか）

と邦洋は予想を立てる。

願わくばこの良好な状態を維持していきたいものだ。

彼らはやがて二階の奥に位置する三階への階段の前にやってきた。

「順調だな。この分だと三階に行ってもいいかもしれない」

と邦洋は言う。

「同感じゃ。どうやら一階と敵の強さは変わっておらぬからのう。もちろん、三階に入って強くなる可能性はありうるが」

煉はやや慎重ともとれる発言をする。

「そうなんだよな。どうせなら他の術式の練習もしたほうがいいかもしれない」

邦洋が言うと、

「ふむ、たとえば？」

煉はどことなく面白がっているような表情で聞く。

「気配を消せる術式とか、移動スピードをあげる術式とかあると便利じゃないか？　敵に発見されづらくなるし、いざってとき逃げやすいんじゃないか？」

と邦洋は自分の考えを述べる。

「よいアイデアじゃ。大したものじゃな」

煉は素直に褒めてくれた。

「そうか？」

「現実的な問題、逃げる用と隠れる用の術式を持っておいて損はないじゃろう。戦いを減らして消耗を抑えるのは重要じゃぞ」

と彼女は語る。

「当然だな。練習したい」

邦洋は意気込む。

「ではそれ用の術式を教えよう」

と煉は言うと再び彼にキスをする。

二度目だったので彼のほうも心構えはできていて、やわらかい感触と体内に入り込む熱い流れを受け止めた。

「我が生涯二度目の接吻《せっぷん》じゃ」

唇を離した煉はそう言って笑う。

「鬼はキスする習慣がないのか？」

新しく脳に入ってきた情報が整理されるのを待ちながら、邦洋は聞く。

「いや、つがいにしたい男と巡り合わなかっただけじゃ」

煉はあっけらかんと答える。

「そうか」

自分に二度もキスするくらいだから、こだわりはなさそうだがと邦洋は思ったものの、何となく言葉にして問いかける気にはなれなかった。

「体に異変はないか？」

気遣うように煉は聞く。

「いや、何ともないよ」

邦洋が即答すると、

「そなたは規格外という表現がぴったりかもしれんな」

と彼女は言った。

「そうなのか」

彼女ひとりに言われても正直邦洋はあまり実感を持てない。

「褒め甲斐《がい》がない男じゃのう」

と煉は苦笑する。

「比較対象がないからな。明日以降の学園でわかるだろ」

邦洋は答えた。

今日夢が破れかけたところだったのに、そこまで急速に気持ちは切り替わらない。

「鬼呪を使って目立つなら、すこしでも力をつけたいし」

と彼は言う。

目立っても弱ければ恥をかくだけではないかという不安がある。

「驕《おご》らぬのはいいことじゃな」

煉はつまらなそうな顔をしながらも、邦洋の態度から美点を見出《みいだ》す。

「驕れる立場じゃないだろ」

と言ってから邦洋は術式の練習をはじめる。

【鬼呪顕現：陽炎《かげろう》】

術式が発動して彼の体をうっすらと白い光が包み込む。

「これは敵の認識を妨害する術式でいいのか？」

「うむ。使いこなせば敵に気づかれず接近し、敵の攻撃をすり抜けて反撃する。そんな芸当ができるぞ」

と煉は答える。

「気づかずに接近できるのは有利だが、話を聞くとこの術式を使いながら他の術式も使えないとあまり意味はない気がする」

邦洋は自分の直感を混ぜて意見を言った。

「当然じゃろう？　補助術式は他の術式との併用が基本じゃぞ？」

何を言ってるのかと煉は笑う。

「やっぱりそうなるよな」

邦洋はすっと息を吐き出し、術式の併用に挑戦する。

【鬼呪顕現：陽華】

術式は問題なく発動し、業火の玉は前方に向かって飛んで霧散した。

その数秒後、陽炎の術式が途切れてしまう。

「おっと。発動するまではいけるけど、そのあとがもたないか」

難しいなと邦洋が言うと、

「何を言うか。いきなり併用に成功させるとは信じられんぞ」

煉は呆然《ぼうぜん》とした表情で答える。

「人の子では一か月くらいはかかると思ったのじゃが、まさか一度目で普通に成功させてしまうとはのう……」

言葉が見つからないと彼女の横顔には書いてあった。

「いや、数秒しか維持できないんじゃダメだろう。一撃で敵をしとめるしかないけど、陽華って強敵を瞬殺はできないだろ？」

と邦洋は聞く。

「それは当然じゃ。向上心があり、現状もきちんと認識しておる。優れた鬼呪使いになってくれそうじゃのう」

煉は満足そうに話し、邦洋はちょっと照れくさい。

「まあ契約を交わした以上は、煉にもメリットを提供しないとな」

と彼は言う。

「うむ。ありがたいかぎりじゃ」

煉は笑って答える。

練習をくり返すうちに邦洋の霊力は切れそうになった。

「そろそろ霊力切れだ。二十五回くらいか？」

彼は記憶している術式の発動数を口にする。

「そうじゃな。併用分の消耗を考えると四十回分くらいと考えていいじゃろう」

と煉は分析した。

「四十回分か……霊力総量って鍛えられるんだよな？」

邦洋が聞く。

「うむ。霊力量は天性だけではない。毎日の積み重ねがものを言う。人の子は特に」

煉は肯定する。

「どれくらいで霊力が回復するのか、確認しておきたい」

邦洋が言うと、

「回復力は個人差が大きいからのう」

と煉は答えて邦洋の考えを支持する。

「もっとも妾と契約した関係で、回復力は向上しているはずじゃが」

「ならなおさらチェックがいるな」

と邦洋は言った。


「二時間くらいで回復か。あきらかにあがったな」

霊力が戻った邦洋は右手を握りしめて言う。

「よい傾向じゃ」

と煉はうれしそうに話す。

「よし、じゃあ探索に戻ろうか」

「うむ。実戦経験が一番じゃからな」

彼らはそう言いあって三階に降りていき、遭遇した瘴霊を見た。

「同じ種類のものか」

と邦洋はつぶやく。

「こうなると初心者用の怪宮と考えてよさそうじゃな」

煉の言葉に彼はうなずいた。

霊力と相談しながら四階層の最奥《さいおう》に到達すると、黒い扉がある。

「何か空気が違う気がする」

と彼は言う。

理屈ではないものを感じるのだ。

「同感じゃ。手ごわい輩でもいるかもしれん」

煉は彼のあやふやな感覚に賛成し、

「場合によっては妾も参戦するかのう」

と告げる。

「回復したのか？」

邦洋は彼女を気遣う。

「そなたのおかげで多少な。陽炎や陽華なら使えるじゃろ」

と煉は答えて白い歯を見せる。

「無理はしないでくれよ。俺たちは運命共同体みたいなもんなんだから」

邦洋が優しく言うと、煉は一瞬ぽかんとする。

「いくら何でも人がよすぎではないか？　妾らはせいぜい一時的協力者、最近の人の言葉でビジネスパートナーというやつじゃろうに」

彼女は彼の単純さに呆れて言った。

「そうかもしれないが、信じないとはじまらないじゃないか」

裏切られたときはそれまでだと受け入れる覚悟はある。

邦洋は言外に匂わせてまっすぐに彼女を見つめた。

「なぜ妾を信じる気になったのだ？」

と煉は探りを入れる。

鬼である自分をいきなり信じて疑わない態度を見せられて、彼女はかえって疑いを持ってしまったらしい。

「俺の恩人が式神を使ってたんだ。お互い信頼し合っててさ、カッコよかったし美しい関係だったと思う」

だからまずは自分も契約する式神を信じる。

ゆるがない気持ちを込めて邦洋は答えた。

「……大馬鹿者か、とてつもなく器が大きいか、じゃのう」

煉は好感を持ちうすく笑う。

もしかしたら掘り出し物かもしれないと期待する。

「じゃあ入ってみるか」

邦洋は深呼吸を一度やってから、両手で黒い扉を開けた。

何もない楕円形《だえんけい》の空間の中央に黒い影がひとつたたずんでいる。

「いままでのとは違うの」

と煉がつぶやいた。

「違う？　同じ瘴霊じゃないのか？」

邦洋は聞く。

「そなたが倒してきた個体は、すべて実在の奴《やつ》らを再現しておった。じゃがアレは違う。人の手で造り出されたタイプじゃろう」

煉はそう話す。

「もっとも妾の知らない種がいる可能性は皆無ではないので、過信するなよ」

彼女なりの忠告を最後につけ加える。

「了解」

彼女が慎重な性格だとは邦洋も理解しているため、明るく応対する。

彼が一歩近づくと黒い影は黒い布をまとった人型に変わり、黒い大鎌を手にしていた。

同時に顔の位置に赤い円状の光が灯《とも》る。

「敵と認定されたな」

と邦洋は確認を兼ねて言う。

「まずは自分で戦ってみたい。やばいと思ったら加勢を頼む」

「勇敢なところがあるのう」

煉は彼の発言に意外そうにしながら、反対はしなかった。

「二対一なら充分勝てそうじゃしな。やってみるといい」

彼女の言葉にあと押しされて邦洋は前へ出る。

【鬼呪顕現：陽華】

先に仕掛けたのは彼のほうで、赤い業火の玉を放つ。

瘴霊はそれを左に避けながら距離を詰めてくる。

【鬼呪顕現：白虹円】

その動きを見て邦洋は術式を変えた。

左右に回避されるなら、円状に炎を射出する白虹円のほうがいい。

彼の判断は正解だったらしく、大鎌を持った瘴霊に白い炎が着弾し、大きく揺らめく。

【鬼呪顕現：陽華】

よろめいた瘴霊に陽華が続けて命中する。

いい感じなので反撃されず押し切ろうと邦洋は考え、

【鬼呪顕現：陽華】

さらに連続で陽華を放つ。

「GUEEE」

大鎌を持った瘴霊は彼が怪宮内で倒してきた個体に似た断末魔の声を残し、消滅する。

「……勝ったのか？」

想定より早い決着に邦洋は疑問を浮かべる。

「そのようじゃな。あそこを見ろ」

と煉が指さした奥を見ると、さっきまでなかった赤い扉が出現していた。

「あの個体を倒すと出口が現れる仕組みのようじゃな」

「なるほど」

「思ったより早く勝てたな。初心者用だからか？」

「かもしれんな」

邦洋の言葉に煉は同意する。

赤い扉を開けるとそこにはエレベーターがあった。

「人間の昇降機というやつかの？」

「これで入り口まで戻れるのかな」

邦洋が半信半疑、煉は興味津々で乗り込む。

数秒後、見覚えがある場所に彼らの体だけ放り出され、入り口で彼らを見送ったふたりが近づいてくる。

「エレベーターで帰還したということは、ボス瘴霊を倒したのか⁉」

彼らの声にも表情にも信じられないという心情がはっきり出ていた。

「ええ、そうですけど」

と邦洋が答えると、

「まさか。入って四時間程度なのに⁉」

「学生が初日で攻略したのは初めてじゃないか⁉」

ふたりは驚愕《きょうがく》に大きく目を見開く。

「ふむ」

煉は短くつぶやく。

ひとしきり称賛の声を浴びせられた邦洋は、

「そうか、もう十六時なんだ」

と気づいた。

「道理で腹が減ったわけだ」

何も食べずに九時間が経過していると自覚したことで、急激な空腹に襲われる。

「君はまだ学生なんだ。無理はよくないよ」

すっかり好意的になったふたりにうなずき、彼は一度自宅に帰った。

第三項「百草園《もぐさえん》椿《つばき》」

「人の子は不便じゃのう」

自宅に戻り、ふたりきりになったタイミングで煉《れん》は言う。

彼女の声は邦洋《くにひろ》にしか聞こえないが、返事に困るせいだろう。

「鬼って食事はいらないのか？」

邦洋は純粋な疑問としてたずねる。

「うむ。霊力があるかぎり不要じゃ。霊力が尽きても三日くらいは平気じゃな」

煉の答えに彼は目を丸くした。

「そりゃ羨《うらや》ましい。たしかに鬼と比べたら人間は不便だな」

と言って、邦洋はダイニングでコンビニで買ったご飯を流し込む。

「このあとはどうする？」

そして彼は目の前に座る煉に相談する。

「もう一度、先ほどの怪宮《ダンジョン》に行くといいじゃろう。今度は最奥到達ではなく、術式の鍛錬のみを目的として」

煉は自分の考えを話す。

「怪宮を変えなくていいのか？　慣れちゃいそうだけど」

と邦洋は疑問を口にする。

同じ瘴霊とばかり戦って慣れるのは、実戦経験を積んだと言えるのだろうか。

「術式の鍛錬が目的じゃからな。知らない怪宮だと事故が怖かろう」

「……たしかに俺はまだ鬼呪見習いって状況だもんな」

ならば想定外が起こりえる状況は避けたほうがいい。

煉の返事に彼は納得する。

「素直で愛《う》いやつじゃな」

と煉は褒めたが、邦洋は子ども扱いされたように感じた。

「俺はまだまだ強くなりたいよ」

お茶を飲んで彼は言った。

「その意気やよしじゃな」

煉は満足そうに足をぶらつかせ、

「せっかくじゃから霊力の基礎鍛練もやってみぬか？」

と提案する。

「いまここでもできることなのか？」

邦洋の問いかけに彼女はうなずいた。

「うむ。タイと言って霊力をまとう技巧じゃからな。まずは意識して霊力を解放してみるがよい」

「わかった」

邦洋は霊力を放ってみる。

霊力は単体だと物理的な影響を与えることはほぼない。

「その状況を維持するのがタイじゃ。要するに霊力を肉体にとどめ、敵の術式攻撃に耐える。ゆえにタイとカタカナ、もしくはひらがなで書く」

と煉は説明する。

「滞留の滞に耐久の耐、ふたつの意味があるのじゃ」

「ああ、なるほど」

と邦洋は納得したが、すぐに首をひねった。

「それって鬼が考えたのか？」

「いや、人の子じゃぞ？　たしかあべのせいめいとか名乗っておったのう」

煉は己の記憶を掘り起こしながら答える。

「安倍晴明《あべのせいめい》……そんな時代にカタカナとかあったのかな？」

邦洋も伝説の偉人の名前くらいは知っていた。

だが、呪術師の家系じゃない彼は安倍晴明がいかに偉大な存在なのか、想像が難しい。

「さて。人の子の文明など気にしていなかったので、妾が間違っておるやもな」

煉は自説の正しさに執着はないらしく、どうでもよさそうに肩をすくめる。

その態度こそが邦洋には説得力があるように見えた。

「安倍晴明が考えたなら、やっておいたほうがいいかな」

と彼は思う。

安倍晴明は史上最強とも言われる有名な術師で、彼も知っている。

霊力をその場に留《とど》め続けるのは一分ほどが限界だった。

「けっこう難しいんだな、これ」

邦洋が驚くと、

「術式を使いながら使うのはさらに難しいぞ。強敵相手では攻撃術式、補助術式と併用が必須となる」

と煉は答えて笑う。

「そうなるよなあ」

邦洋はため息をつく。

代々木怪宮で戦った瘴霊のように一方的に攻撃できればいいのだが、そんな簡単な敵ばかりではないだろう。

「ひと休みしたら怪宮に戻って練習しよう」

と彼は決める。


再び怪宮に戻ると、見覚えのあるふたりがにこやかに彼を通してくれた。

「熱心なことだな」

「蒼雛《そうすう》って何かの手違いじゃないのか？」

「かもしれないぞ」

彼が通ったあと、そんな会話が聞こえてくる。

怪宮に入ったところで、

「えらく俺の評価があがったな」

と邦洋は言った。

「蒼雛とやらがひとりで最奥に到達できる場所ではないのだろう」

と煉が答える。

「たしかに鬼呪を覚える前だとまず無理だったな」

邦洋は否定できないと受け止める。

「だからこそまた戻ってきたんだが」

己が最弱と自覚しているからこそだ。

「それでいい」

と煉は彼を肯定し、優しく背を押す。

「とりあえず今回は晩まで一階層で練習すれば……うん？」

邦洋は言いかけて人の気配を感じ、会話を中断する。

煉は術式で存在を隠している以上、人目が怖いからだ。

「話し声が聞こえると思って来てみれば、同じ学園の生徒だったか」

姿を現したのは黒東《こくとう》学園の制服を着た少女だった。

濡羽色《ぬればいろ》の髪をショートヘアにし、女子としては長身の凛《りん》とした雰囲気と美貌の持ち主。

腰には日本刀を佩《は》いていることからサムライガールと形容できそうな彼女の名を、邦洋は知っている。

「たしか百草園椿、さんだったか」

なぜなら彼女は今年の新入生代表としてあいさつしたからだ。

つまり一年生で最も成績が優秀な生徒だ。どうやら同学年のようだが、自己紹介してもらえるとありがたいんだが」

「わたしの自己紹介はいらないか。

と椿は邦洋の左胸を見ながら言う。

そこには校章が縫われていて、記された数字を見ればふたりが同期だとわかる。

「高井戸《たかいど》邦洋だ。クラスは蒼雛」

と邦洋は隠さずに話す。

同期ということまでわかるのだから、その気になればクラスを調べるのは難しくない。

「蒼雛？　向上心は買うけど危険だろう。帰ったほうがいいぞ」

椿は眉をひそめて忠告してくる。

彼女は純粋に心配しているのが伝わってきたので、邦洋はおだやかな気持ちで、

「ありがたいが、俺ここの怪宮一回クリアしたよ」

と言った。

「まさか……蒼雛がひとりでクリアできる難易度ではないはず」

椿は笑い、すぐに表情を引き締める。

「あまりそういうことは言わないほうがいい。虚言癖《きょげんへき》があると誤解を招く」

「きょげん？」

邦洋が首をかしげると、

「平たく言うとウソつき扱いされるぞ、じゃな」

黙っていた煉が口を挟む。

同時に彼女は隠形《おんぎょう》の術式を解いた。

突然姿を現した煉を見て椿はぎょっとし、刀の柄《つか》に手を触れる。

「鬼！」

警戒心と敵意が混ざった声に邦洋はあわてた。

「待ってくれ。こいつは俺の式神なんだ」

「…………えっ」

椿は硬直してじっと彼を見つめる。

「鬼だぞ？　式神契約を交わしたというのか？」

信じられないと言外に主張しつつ聞く。

「ああ。古きおおかみ何とかってやつだったが」

邦洋は契約の呪文の一部分を記憶からひねり出して語る。

「まさか。古き大神において？　一番重い契約じゃないか！　何であなたはまだ平然とし

ている⁉」

椿の質問は悲鳴に近かった。

「……んんん⁉」

彼女のあまりの剣幕《けんまく》に邦洋は自分が何かやらかしたらしいと気づく。

そして反射的にジト目で煉を見る。

「お前、もしかして俺に危険なことをさせたんじゃないだろうな？」

「まさか。そなたとは利害が一致しておるからのう。得がたい協力者を潰すような愚行はせぬよ」

彼の疑惑に対して、煉は心外だと首を横に振った。

「利害が一致……？　人間と鬼が？」

椿は怪訝《けげん》そうになったが、邦洋は彼女の反応がまだ気になる。

「俺と鬼呪の相性はいいと聞いていたけど、もし悪かったらどうなる？」

「何にもならぬ。せいぜい疲労するくらいじゃろう。妾はそなたに敵意も悪意もないからのう」

と煉は言って椿に目を向けた。

「人の子らは我らのことを勝手にねじ曲げて伝えておるからのう。おおかた、鬼と契約するのは災いとなるとでも聞かされたのではないか？」

「そ、それは」

おだやかな煉と邦洋のやりとりを見て、椿に動揺が走る。

彼女が思い描いていた鬼と目の前の煉は一致しない。

すこし悩んだ末、彼女はかまえを解いて煉に頭を下げる。

「失礼した。どうやらかたよった情報で勝手に決めつけていたようだ」

「ほう。素直な娘じゃな。詫《わ》びは受け取ろう」

煉は目を丸くしながら答える。

「お前が温厚で話がわかる性格だからだいぶ助かるな」

と邦洋が言う。

「たしかに。わたしの鬼のイメージとはかけ離れている」

椿は彼の意見に同意し、興味深そうに煉を見る。

「人の子が勝手な想像に引きずられるのはよくあることじゃ」

煉は達観したことを言う。

「それはわかったけど、彼の力がわからないことに変わりはないぞ」

と椿は邦洋を見る。

「頑固と言うべきか、芯が通ってると思うべきか」

これに煉は苦笑した。

「だったら俺のいまの力を試してみたらどうだ？　俺だっていまどれくらいの位置に立っているのか、興味あるしな」

邦洋は椿に提案する。

成績は座学と実技があり、新入生代表になったくらいだから椿は戦闘力も優れているはずだ。

「それは良い考えじゃの。まさか式神を使うのは反則だとは言うまい？」

煉は手を叩《たた》いて賛成し、挑発するように椿に聞く。

「それは問題ないし、一理ある提案だと思う」

椿は右手を唇に当てて考え、

「ではどちらが先にこの怪宮の最下層をクリアできるか、勝負しないか？　あとは霊石《れいせき》の数も。一本道じゃないし、出てくる瘴霊も変わらない。純粋な実力勝負になると思う」

と意見を出す。

「うん、それはいいんじゃないか」

邦洋は受け入れてから、

「煉はどう思う？」

と聞く。

長く生きた鬼だけあって、自分が気づかないことも気づくだろうと期待している。

「異存はないが」

煉は答えながら首をかしげた。

「邦洋が勝ったらどうするのじゃ？　何か決めごとをしなくてもよいのか？」

言われた邦洋は、

「じゃあ百草園とチームを組んで探索をするというのはどうだろう？」

と思いつく。

「え？　わたしと？」

その発想はなかったと椿は目を見開いた。

「上を目指すならチームプレイの練習もしたほうがいい気がするし、せっかくのチャンスなんだからって思うんだ」

邦洋は自分の考えを説明する。

「ふむ。二年からはチーム単位の試験が増えると先輩が言っていたな」

と椿は応じた。

「いいだろう。あなたがわたしに勝つなら、こちらからお願いしたいくらいだ」

彼女は笑顔を浮かべて承知する。

「話は決まりだな」

と邦洋はうなずく。

そして彼は疑問を椿に投げる。

「ところで霊石って何だ？」

「瘴霊を倒すと落ちる霊力がこもった結晶のことだ。……本当に怪宮をクリアしたのか？」

椿は答えながらもすこし疑わしそうな表情になる。

「紫色のやつなら見たな」

と邦洋は記憶を思い出しながら言った。

「あれも霊石じゃったのか。惜しいことをしたかもしれんのう」

煉は彼の隣で舌打ちする。

「何かあるのか？」

と邦洋は聞く。

「あとで説明しよう」

煉は答えると、

「まずは勝負しようではないか？」

とふたりに提案し、彼らはうなずいた。

「右と左と道はあるんだが、どちらがいい？」

と椿は彼に問いかける。

「俺はどっちでもいいな。一回目は左だったから、今度は右を選ぼうかな」

邦洋は深く考えず答えた。

「ではわたしが左だな。武運を祈る」

「……武運を祈る」

椿が自然にあいさつをしてきたのに驚きながら、彼はあいさつを返す。

彼女と別れて歩き出しながら、

「思いがけない展開になったな」

と邦洋は言う。

本来なら術式を複数使う訓練をするはずだった、という気持ちは消せない。

「何、悪いことではない。徒党を組んだほうができることが増え、安全も高くなる」

と煉は答える。

「それはそうだな。戦いながら練習もできなくはないし」

邦洋は納得した。

「それに収穫もあった。あの娘の反応からするに妾はそなたの式神として、学園とやらでも受け入れられそうじゃ」

と煉は言う。

「……だからいきなりあいつに姿を見せたんだな」

邦洋はハッとする。

「うむ。ダメなようなら、妾は学園とやらに同行しないほうがよいと思ったのじゃが、杞《き》憂《ゆう》だったようじゃ。もっとも大人の判断は異なる可能性も否定できぬが」

と煉は自身の考えを伝えた。

「とっさによくもまあそこまで考えたものだ。頼りになるな」

邦洋は舌を巻く。

「ふっ、頭脳労働は苦手か？　妾も得意とは言えぬが、役に立てるなら何よりじゃ」

煉はうすく笑い、すぐに笑みを消して前方を見る。

「それ、おでましじゃぞ」

彼女の視線の先には三体の瘴霊の姿があった。

【鬼呪顕現：陽華】

邦洋が発動した業火の玉で、三体同時に仕留められる。

「いい感じじゃ。発動もさらに円滑になっておる」

と煉は彼を褒める。

「だといいな。自分でもちょっと上手《うま》くなった感じはしていたが」

邦洋は微笑《ほほえ》むがすぐに気を引き締めた。

煉はうなずきながらしゃがんで瘴霊たちがいた場所に手を伸ばす。

「別に瘴霊は一体ずつ出るってわけじゃなさそうだな」

と邦洋は言う。

「うむ。人が造ったものだからと、決めつけてしまったようじゃ」

煉も反省を口にしつつ、

「これじゃろうな、霊石というのは」

と言って紫色の小さな石を彼に見せる。

「それか。何かあるのか？」

彼は煉がもったいないと言った理由を聞く。

「その説明はやはりあとにしよう。勝ちたいのじゃろう？」

「ああ、今後のことを考えればな」

歩きながら邦洋は確認する。

「うむ。あの娘、年のわりになかなかと見た。交流することでそなたが学べることもあるじゃろう」

煉は肯定した。

指導者目線の物言いに聞こえるが、長い時を生きた鬼なのだから不思議じゃない。

「ところでなぜあの娘の名前を知っておったのじゃ？　そなたが名乗ったくらいじゃから、面識があったわけではないのだろう？」

そして彼女は疑問を投げる。

「ん？　ああ、そうか」

邦洋は一瞬おやっと思ったが、鬼の彼女に人間の高校のシステムがわかるはずもないと気づく。

「あの子は新入生代表としてみんなの前であいさつしたんだ。同じ学園の同じ学年で一番優秀と判断された子が、それをやるんだ。……これで伝わるか？」

説明し終えたところで彼はすこし不安になった。

「現時点で同じ年の中で最も優秀だとそなたが通う教育機関が判定した者、ということは理解した」

と煉が答えて彼はホッとする。

「あまり意味がない気がするがのう」

彼女はつぶやいた。

「人の子の実力は三十、四十となっても伸びることは多い。現在の優秀者を持ち上げて、何の利点がある？」

と彼女は疑問を口にする。

「さ、さあ？」

邦洋には答えられなかった。

競争意識でも煽《あお》りたいのだろうか、と考えるだけで彼は精いっぱいだった。

「まあよい。人の子のやり口について論じるのはまた今度にしよう。いまは勝つために先を急ぐとしようか」

と煉は言って術式の発動準備に入る。

「待った」

ところが邦洋は彼女を制止した。

「俺の力だけでやってみたいんだ」

と彼は言う。

「ふむ？」

煉は術式を停止させて彼を見つめ、真意を探る。

「煉が力を貸してくれるなら、確実に勝てるかもしれない。でも、いまはそういう状況じゃないって言うか。俺ひとりでどこまでやれるのか、試してみたいんだ」

邦洋は自分の意見を恥ずかしそうに言った。

「……男の子というやつかのう」

煉は微笑む。

「やってみるがよい。余計な世話じゃったな」

と彼女は言って彼の応援に回る。

「いや、俺のために協力しようとしてくれたんだから、余計な世話なんかじゃないよ」

邦洋は首を振って否定した。

そして彼は先を急ぐ。

「これで負けたらカッコ悪いよな、俺」

と自分に苦笑しながら。

「何の、妾にとってはカッコよかったぞ？」

本心なのか励ましなのかわかりづらい表情で、煉は答えた。

「……めっちゃ照れるな」

と邦洋は言いながら視線をずらす。

鬼と言っても煉は美少女だ。

しかも百草園椿と同等かそれ以上の。

照れるなと言うほうが無理だと彼は思う。

最下層のボスの部屋にやってきたとき、椿の姿は見られなかった。

「すでに倒して突破した可能性もあるかな？」

と見覚えのある影を見ながら邦洋は言う。

「この個体がどの程度で復活するのか、情報がないからのう」

と煉は答える。

短時間で復活するなら、すでに椿が通過したことも考えられた。

「どっちでもいい。術式を複数使いながら倒そう」

ここまで来たならかまわないだろうと邦洋は思った。

【鬼呪顕現：陽炎】

補助術式をまず発動して、敵の認識を阻害する。

そして距離を詰めて、

【鬼呪顕現：陽華】

攻撃術式を叩き込む。

「グオ……」

瘴霊にしてみれば不意打ちを受けた形だった。

術式併用の限界が来る前に、

【鬼呪顕現：陽華】

邦洋はさらに陽華を放って瘴霊を倒し切る。

「ふー」

見事倒せたので彼は息を吐き出した。

「速攻がきれいに決まったのう」

と煉も笑顔で称賛する。

「倒すまでに当てた攻撃の回数は同じだったと思うけどな」

と邦洋が笑うと、

「当然じゃろう。術式の威力をあげるためにはもっと練りが必要じゃ。これは一朝一夕で何とかなるものではないからな」

煉は苦笑する。

「そっちの練習もしなきゃか」

と邦洋は言いながら床に落ちた霊石を拾う。

奥に進み、扉を開けるとそこには誰もいなかった。

第四項「異端の才能」

「百草園《もぐさえん》はまだ来てないようだな」

「うむ。邦洋《くにひろ》の勝ちじゃ」

煉《れん》に言われて彼はスマホで時間を確認する。

「二時間くらいか。急いだらこうなるんだな」

「ひとりでなら上出来じゃな」

煉はスマホに驚くことなくいっしょに画面をのぞく。

「あとは百草園が着くまで待たなきゃいけないか。なら霊石について教えてくれよ」

と邦洋は煉に頼む。

「妾が知っておるのは、霊石を食うことで多少なりとも妾の力は回復できるということじゃな」

彼女は簡単に答える。

「人が造った瘴霊でも似たような効果が得られるなら、あとでいくつか分けてくれんか？」

と邦洋にお願いした。

「いいよ」

邦洋は即答して、

「俺の役には立たないのか？」

と聞く。

「人の子は武器の錬成などに使っていたと記憶しているが、学園とやらがどうしているのかまでは知らんな」

煉は返答する。

「……百草園が来たら聞いてみようか」

「それがいいじゃろうな」

邦洋の意見に彼女は賛成した。

彼女なら霊石の使い道だって知っているかもしれない。

無理なら学園で聞くべきだろう。

「じゃあせっかくだし、それまで練習時間にしようかな」

と邦洋は言う。

「ならタイの練習をするのじゃな。うってつけじゃろう」

と煉は答える。

邦洋はうなずいてさっそく練習をはじめた。

椿《つばき》は五分ほどの遅れで到着した。

「まさか本当に負けるなんて」

彼女は目を見開いたものの、素直に負けを認める。

「揉《も》めなくて何よりじゃ」

と煉が言うと、

「どう見ても修行中じゃないか？　この怪宮《ダンジョン》を踏破したあとにそんな余裕があるところを見せられると、完敗と言うしかない」

椿は苦笑して答えた。

「素直なのは美点じゃな。妾もうるさく言わずに済む」

と煉は言う。

式神として邦洋のチームメイトに意見するということだろう。

「百草園は霊力に余裕はあるか？」

と邦洋が聞くと、椿は首を横に振る。

「無理だな。休まないと回復はしない」

「そうか。無理は言えないな」

邦洋は残念そうに言った。

彼女にまだ余裕があるなら、ふたりでもう一度怪宮を踏破するか、あるいは対人の模擬戦を頼めたのだが。

「霊石の数を比べるのはどうする？」

と邦洋は聞く。

負けを認めた椿に追い討ちをかけるつもりはない。

だが、霊石に関する質問をするために話題にしたかった。

「一応やるか……十六だよ」

椿はそう言ってピンク色の可愛《かわい》らしい袋から、小さな紫色の霊石を取り出してみせる。

「俺はいくつだったっけ？」

邦洋は自分で拾った五個を出しながら煉に聞く。

「そなたが拾ったのは五、妾が二十じゃからやはり邦洋の勝ちじゃな」

と彼女は霊石を出しながら答える。

「見事な敗北、いっそすがすがしいな。黒虎《こくこ》のトップだと驕《おご》ったつもりはなかったが」

椿ははればれとした表情で言った。

「この霊石って何に使うんだ？」

と邦洋は本題を問う。

「これは武器を錬成したり、霊力回復アイテムを作るのに使われるんだよ」

と椿は答えてからハッとする。

「知らないってことは……もしかしてあなたは霊石強化装備や、霊力回復アイテムを持ってないってこと⁉」

信じられないという目で邦洋を凝視した。

「持ってたら蒼雛《そうすう》にされることはなかったんじゃ？」

邦洋は無数の「？」を浮かべながら首をかしげる。

「……なるほど」

と椿はため息をつく。

「あなたは一般の家系なのだな？」

そしてたしかめるように問いを放つ。

「親戚に呪術師がいないという意味ならそうだ」

邦洋が返事すると、彼女は小さくうなずいた。

「血統がすべてじゃないとわかっていたつもりだが、いざ目の当たりにすると驚きは大きいものなのだな」

　とひとりごとを漏らす。

「何か言ってやったらどうじゃ？」

　煉はからかうような表情で邦洋に言う。

「いや、俺に呪術師としての才能がなかったのは事実だろう？」

　彼はどう言えというのかと思った。

「まあの。そなたにあったのは鬼と契約して、鬼呪を扱う才じゃからな。人の術師としては異端もいいところじゃ」

　煉はいい笑顔で断言する。

「俺はやっぱり異端の術師なのか」

　邦洋の声に驚きや悲しみはない。

　いまとなっては受け入れられる心境だ。

「そもそも鬼と契約できること自体がまれだからな？」

　念を押すように椿が言う。

「すくなくともわたしが知っているかぎり、安倍晴明《あべのはるあき》様だけだ」

「なつかしい名前じゃな」

と煉は反応する。

それを見て椿はぎょっとなった。

「まさか安倍晴明様と面識が？　鬼ならありえるか」

鬼に寿命はなく、長寿個体なら不思議じゃないと椿は自分で気づく。

「とりあえず地上に戻らないか？」

「そうだな」

邦洋の提案を椿は同意する。

煉も異存はないようで、小さくうなずく。

ふたりと一体は昇降機に乗って地上へと転送される。

「真っ暗だな」

と邦洋が言ったように、すっかり日は落ちていた。

「二十時を回ったからな」

椿はスマホで時刻を見て、とくに気にした様子もなく答える。

「まだ時間はいいのか？　女子は危険とは呪術師には言えないか」

邦洋のつぶやきを、

「むろんだ」

すぐに椿が拾う。

「もっとわたしも未熟な身だ。危険な瘴霊と遭遇するリスクは否定できない」

彼女は生真面目《きまじめ》につけ加える。

「どうしようか。今日のところは一度解散するか？」

邦洋は迷ったので相談した。

もうすこし話したい気持ちはあるが、今日でなくてもいい気はする。

「もうすこしくらいなら平気だぞ？」

椿は彼の迷いに理解を示しながらも、大丈夫だと言った。

「装備や回復アイテムについて聞きたいんだけど」

邦洋は彼女の言葉に甘えて質問する。

「うん。わたしの刀も鍛えられた品だよ」

と彼女は言って、刀を抜いてみせた。

「ほう、かなりの業物《わざもの》じゃな」

ひと目見て煉はうなる。

「わかるか？　兼定《かねさだ》の三代目なんだ」

椿はうれしかったのか、相好を崩す。

「いまのわたしには過ぎた品かもしれないけど、いつかふさわしい使い手になりたくて」

「きっとなれるさ」

と邦洋が言う。

目を輝かせて話す彼女の横顔はまぶしい。

「ふふ、ありがとう」

椿は照れくさそうに笑って礼を言う。

「ほかにも防具なども調達するといいぞ」

と彼女は笑みを消して語る。

「防具？」

邦洋が聞き返す。

「ああ。基本制服の防御術式でことたりるだろうけど、籠手《こて》をつけたり装飾品で術式の威力を底上げしたり、工夫の余地がある」

と椿は説明する。

「そっか。霊石と交換なのか、それとも加工してもらうのか、どっちなんだ？」

邦洋は次の質問を放つ。

「それは両方だな」

椿は即答する。

「霊力を回復してくれるポーションは、作成に霊石が必要になるので材料を渡して完成品を受け取るようなものだと言える」

「なるほど」

と邦洋はうなずく。

「装備などは霊石を加工するほうが多いかも。通常のものなら、お金を出して買えばいいわけだから」

椿は言ってから制服の袖口をめくって、

「わたしがつけている腕輪も加工品なんだ」

と見せる。

「へえ、そうなんだ」

霊石の加工品を初めて見る邦洋には興味深い。

「高井戸《たかいど》くんは何の装備もしてないんだな」

と椿は言う。

「うん」

彼は何も知らず、いちいち驚いているのだから当然だ。

「……信じられないか？」

と邦洋は聞く。

「いや、信じられないのはむしろ蒼雛だということだ」

と椿は言う。

「うぬぼれるつもりはないが、同じ学年でわたしよりはるかに強い生徒がいるとは思っていなかった」

吐露した彼女は苦笑いを浮かべる。

「それは煉と契約したのが今日だからだよ」

邦洋は隠すことじゃないと思って打ち明けた。

「えっ⁉　今日⁉」

椿は悲鳴に近い叫び声をあげる。

「まさか……いくら何でも……」

彼女は呆然《ぼうぜん》としていた。

太陽が西から昇る瞬間を見たような表情である。

「いくら何でも驚きすぎなんじゃ？」

邦洋は小声で煉に言う。

「いや、この娘は正しい。妾も似たような気持ちじゃ」

ところが彼女は首を振って、椿の味方をする。

「えっ、そうなのか？」

目を丸くする邦洋に、

「正直のところ相性がいいだけでは説明がつかぬ気がしておるからのう」

と煉は言う。

喜びや驚き以外にも好奇心が混ざっていそうだった。

「いや……それだけあなたがすごいのだろうな」

と椿はようやく衝撃から立ちなおる。

「自分だといまいちわかんないんだが」

邦洋が困った顔で言うと、

「わたしが言っても、どれほどのすごさなのか伝えにくそうだな」

椿は顎《あご》に指を当てて考え込む。

「いずれわかりそうじゃが」

と煉が横から言う。

「たしかに。黒東《こくとう》の先生がたなら、よくご存じだろう」

椿は納得する。

「……騒ぎになるんじゃないか？」

彼女は同時にすこし心配そうに邦洋を見る。

「人間どもの中には我らを瘴霊と区別できぬ愚者もおるしのう」

と煉は平然と言った。

「それはやばくないか？」

式神契約していれば大丈夫だと思っていた邦洋はぎょっとする。

「大丈夫だろう。あなたが制御できると証明できれば」

と椿は言ってから煉を見る。

「そうだな」

邦洋は安堵《あんど》の息を吐き出す。

「ところで霊石じゃが、邦洋は使えぬのか？」

と煉は椿に聞く。

「高井戸くんの霊力の回復を助けるタイプの装備ならあるし、それがいいんじゃないか？」

彼女はすぐに答える。

「鬼呪の威力を高める装備なんてないよな？」

次は邦洋が質問した。

「鬼と契約できた例がほとんどないからな……安倍晴明様が遺《のこ》した装備品なら、あるいはあるかもしれないが」

椿は思案しながら可能性を口にする。

「そんな偉人の遺物、俺がもらえるのかな？」

いくら何でも無茶《むちゃ》じゃないかと邦洋は思う。

「功績をたてて認められたらいいんじゃないか？　どれくらいの功績が必要になるのか、想像もつかないが」

彼の疑問に椿が答える。

「論功行賞とやらじゃな」

と煉が言う。

「知っているのか」

椿が怪訝《けげん》そうになる。

「名前くらいはのう」

煉はしれっと答えた。

「鬼に寿命はないらしいからな。不思議はないんじゃないか？」

と邦洋は言う。

「まあそうかもしれないが」

と応じた椿は納得していなかった。

だが、論戦をするつもりはないらしく、

「他にわたしに聞きたいことはあるか？」

邦洋に問いかける。

「いまは思いつかないな」

「妾もじゃな」

彼だけじゃなくて煉も言ったので、彼女はうなずいた。

「じゃあ連絡先を交換して解散するか。スマホでもやりとりはできるのだから」

そして彼女は言う。

「まあな」

と邦洋は短く同意する。

気づいていたのだが、自分から女子に連絡先を聞く勇気がなかったのだ。

「高井戸くんがいいならここでやろう。メッセージアプリは入ってるか？」

「うん、一応な」

椿の問いに彼はうなずく。

ぼっちの彼は家族以外の連絡先が入っていないのだが。

アプリで連絡先を交換し終えると、

「何気に男子の連絡先は初めてかもしれない」

と椿が感慨深そうに言う。

「そうなのか？」

モテそうなのになと邦洋は意外に感じる。

「これまで修行ばかりだったからな。いまでもそうだが」

「そっか」

邦洋と知り合ったことは彼女には想定外だったのだろう。

もっとも彼にとっても同様なのだが。

「わからないことがあれば聞いてくれ。答えられるかぎりは答えよう」

椿はスマホをしまいながら言う。

「うん、わかった」

邦洋は答えてから、

「百草園って家はどっちなんだ？」

と聞く。

「ここからだと西の方角になるが、高井戸くんは？」

「俺は東になるから正反対だな」

と邦洋は言った。

残念だが仕方ないことだ。

たがいに背を向けて別れたところで、

「あの娘は意外な収穫じゃったのう」

と煉が言う。

「そうだな。俺、呪術師界のことよく知らないしな」

邦洋は大きくうなずいて同意する。

「ふっ、そういう者の中に異才がいるのはありえることじゃ。取りこぼしを減らすために、人は教育機関を作ったのではないかな」

煉が口にしたのは推測であり、彼に対するはげましでもあった。

「そういうものかな」

邦洋が首をかしげると、

「才能を発掘するのは存外面倒なものじゃぞ？」

　まるで経験者のように煉は話す。

「説得力を感じる」

「くくく」

　怪訝そうに邦洋は煉を見たが、彼女は笑うだけで答えなかった。

「霊石なんだけど、煉はどうする？」

　と彼は話を変える。

「ふむ。欲しかったが、そなたに使い道があるとなるとのう」

　煉はためらいを浮かべた。

「煉が回復して戦えるようになれば、それだけで俺はありがたいんだが」

　と邦洋は言う。

　彼女がどれくらい強いのかわからないが、相当な戦力になると期待できる。

「それにお前の回復に協力するってのも、契約条件じゃなかったっけ？」

　さらに彼は言葉を重ねた。

「そうなんじゃが、そなたが強くなってくれるほうが妾にとって、ありがたい日が来るやもしれぬからな」

煉は悩ましげな表情で答える。

「勘か？」

「勘じゃよ」

と煉は即答して、

「それにそなたが強くなって大量の霊石を手に入れるようになれば、妾の回復も早くなるじゃろう」

自分の考えを話す。

「なるほど。今日の分は使わせてもらうか」

と邦洋は決める。

第五項「式神登録」

邦洋《くにひろ》が校門をくぐって黒東《こくとう》学園の敷地に入ると、ひとりの男性教師に呼び止められる。

「その一年。術式で姿を消した式神を連れているな？」

と言って煉《れん》がいる場所に目を向けた。

「ほう、さすが黒纏《こくてん》の巣窟《そうくつ》。手練《てだ》れがおるのう」

煉は感心して術式を解除する。

「鬼!?」

無表情だった男性教師が驚き、警戒心をむき出しにした。

「右も左もわからん子どもをだまして潜り込んだかっ！」

大気が震えるような迫力を教師は放つ。

邦洋が代々木怪宮《ダンジョン》で遭遇した瘴霊など、比較にならない。

弱った煉ではとてもかなわない気がして、邦洋は反射的に前に出る。

「ま、待ってください。こいつは俺の式神です」

「……式神？」

男性教師は固まる。

そして間を置いてから邦洋に聞き返す。

「は、はい。信じてもらえないかもしれませんが、式神契約をしました」

「……ちょっと待ってくれ」

男性教師は立ちくらみでも起こしたように、額に手を当てる。

だが、立ちなおるとうっすらと青く光る瞳で、彼らをじっくり観察した。

「なるほど、たしかに契約回路《パス》ができているな」

と言う。

「見ただけでわかるんですか？」

邦洋がぎょっとする隣で、

「【識別眼】か。いい術式じゃな」

と煉は納得する。

「識別眼？　何だそれ？」

邦洋は当然のごとく聞く。

「一言で言うなら、瞳を媒介とする術式じゃな」

と煉は答える。

「そんなものがあるのか」

邦洋は知らなかったとつぶやいた。

「……魔眼使いは一般的じゃないからな」

と男性教師は彼に応える。

「渡辺《わたなべ》先生！　何事ですか！」

そこへ女性教師と老年教師がやってきた。

他にも生徒や教師たちが遠巻きにして、彼らのほうを見ている。

渡辺と呼ばれた教師が霊力と殺気を放った結果だろう。

「騒ぎになるのは当然じゃのう」

と煉はあっけらかんと笑う。

「鬼と契約するってこういうことなんですね」

椿《つばき》も警戒してたなと邦洋はため息をつく。

「そもそも鬼と契約した術師など、十本の指があれば足りるほどしかいないぞ」

と渡辺教師は言ってから、

「式神を連れてきた生徒を見かけたので、登録の手続きの案内をやろうと思います」

やってきた教師たちに説明する。

「ああ、式神ですか」

「って鬼⁉」

老年教師は納得したが、女性教師は煉に気づいて悲鳴をあげる。

「鬼ってだけで警戒されすぎじゃないか？」

と邦洋はなかば抗議のつもりで煉に言う。

「鬼神という言葉も知らんのか？　人間どもが我らをおそれて作った呼称じゃぞ？」

なぜそこまで無知なのか、と言いたそうな表情で煉は応じる。

「聞いたことはあるなー」

邦洋は緊張感のない返事をした。

「やれやれ。育て甲斐《がい》がありそうな主人じゃのう」

煉はため息をつく。

好意的な笑みが浮かんでなければ、いやみにしか思えなかっただろう。

それでも邦洋は問いかけた。

「後悔しているのか？」

「いや、あんなにためらわず妾と契約した時点で、うっすらと推測はしておった」

煉は苦笑する。

「椿やここの教師の反応のほうが一般的なんじゃぞ？」

と言われて邦洋はなるほどと思った。

彼も驚きはしたが、彼らほど警戒心を全開にした覚えはない。

その時点で煉は彼に知識が足りてないと判断できたということだ。

「ごほん」

渡辺が咳《せき》ばらいをして話を戻す。

「とにかくお前と鬼は俺についてきてくれ。条件をクリアしないと、式神として認められないんだ」

と話す。

「わかりました」

「まあ仕方あるまい」

邦洋と煉は承知し、渡辺の案内に従って建物に入る。

周囲からの視線を感じて、

「目立ちまくってるな」

邦洋はつぶやく。

「瘴霊ならいざ知らず、鬼だからな」

渡辺は苦笑しながら答える。

「力をつけて成り上がるためには、悪いことではあるまい」

と煉は言った。

「成り上がりたいと言った覚えはないけど、上のクラスを目指すなら目立つかな？」

邦洋が首をかしげると、

「上のクラス？　そう言えば君の名前は知らなかったな。一年なのは見ればわかるが」

と渡辺が足を止める。

「一年蒼雛《そうすう》の高井戸《たかいど》邦洋です」

相手が相手なので、邦洋は素直に名乗った。

「蒼雛だと⁉」

渡辺はぎょっとする。

「蒼雛が鬼と契約できるのか……」

彼はつぶやいてからあわてて頭《かぶり》をふった。

「式神を得る資質と、呪術師としての資質が合致するとはかぎらない。それだけの話だな」

と自分に言い聞かせるように言う。

「なかなか柔軟な男じゃ」

と煉はからかう。

「いや、そもそも鬼と契約できた例自体、俺は初めて見るんだが」

渡辺は苦笑して、

「そこだ」

と指をさす。

そこには運動場が広がっている。

ちらほらと人影はあるものの、広大な空きスペースがあった。

「ここなら広域術式以外なら使ってもかまわんだろう。まだ生徒はすくないし」

と渡辺は言う。

「なるほどのう」

煉はやはりなという顔で首を縦にふる。

「腕試しのようなものをやるのじゃな」

「お前がどの程度の鬼なのか、高井戸がどれくらい扱えるのか、把握しておく必要があるからな」

と渡辺は答え、

「言っておくが鬼以外の式神でもやることは同じだぞ」

さらにつけ加える。

鬼というだけで妙な扱いになっているわけじゃない。

渡辺が言いたいことを理解して、邦洋はこくりとうなずく。

「俺は何をやればいいんですか？」

と聞く。

「何ができるのか、全部見せてくれ」

渡辺は指示を出す。

「わかりました」

邦洋はもう一度首を縦にふる。

上のクラスへの転籍を目指すなら、教師側の評価は不可欠だ。

ちらりと煉を見ると、

「この男はかなりの猛者《もさ》で、周囲の信頼も篤《あつ》そうじゃな」

と彼女は言う。

「たぶん」

邦洋が答えると、

「これでも黒東の戦闘教官主任だからな」

渡辺は苦笑気味に自己紹介する。

一年生と鬼じゃ自分のことを知らないと判断したのだ。

主任という言葉を聞いて邦洋は目を丸くし、煉は納得する。

「だから遠慮はいらないぞ」

と渡辺は言う。

「渡辺、じゃしな」

煉が言うと彼はにやりと笑った。

「遠慮無用なら」

と邦洋は言って、鬼呪を発動させる。

【鬼呪顕現：陽華】

業火の玉を右手のひらの上に浮かべた。

「何ぃっ!?」

渡辺の余裕は一瞬で吹き飛ぶ。

（やっぱり驚くのか）

と邦洋は思う。

もしかしたらという予感はあった。

【鬼呪顕現：陽炎】

出し惜しみなしということで、邦洋は補助術式も同時に発動させる。

「ば、馬鹿な!? 鬼呪を!? それも同時発動だと!?」

渡辺は目がこぼれ落ちそうなほど見開き、舌のろれつも若干怪しくなる。

「……何でここまで驚かれるんだろう」

と邦洋は術式を解除してつぶやく。

「珍しいならわかるんだが」

彼は首をかしげる。

「やはりそなたは大物じゃな」

と煉は笑う。

「重大さをわかっていないのか」

彼らの会話を聞いた渡辺が、邦洋を見る。

邦洋の見間違いじゃなければ冷や汗をかいていた。

「すみません。一般の家庭出身で、よく知らないんです。学ぶためにこの学園に入ったというか」

と邦洋が事情を明かす。

「な、なるほどな……」

渡辺は合点がいったとうなずく。

「なら言っておこう。過去に鬼呪を扱えた人間の呪術師はいない」

と渡辺は衝撃発言をする。

「………えっ」

邦洋は何を言われたのか、とっさに理解できなかった。

「妾が知ってるかぎりでもそうじゃな」

と煉が言う。

「……えっ？」

式神の発言に邦洋は再度驚かされる。

「安倍晴明《あべのはるあき》様は？」

たしか鬼と契約したという話じゃなかったか。

「前鬼《ぜんき》、後鬼《ごき》という高位の鬼と契約した安倍晴明様だが、鬼呪を使えたという話はないぞ」

邦洋の疑問に渡辺が答える。

「つまり邦洋はアベ、ノセイ、メイ、イを超える可能性の持ち主と言うことじゃな」

と煉が笑顔で言った。

「いやいやいや、さすがに風呂敷を広げすぎだろ」

邦洋は苦笑する。

強くなりたいと願う彼だったが、いきなり歴史上最強に匹敵すると言われても、冗談としか思えない。

「いきなり史上最強は無理だろ。まずは学年トップを目指したいよ」

と彼は言う。

「夢がないと嘆くべきか、堅実と褒めるべきか」

煉がため息をつくと、

「堅実だと感心するぞ、俺は」

渡辺が腕組みをして言う。

「子どもの割にはすこし冷めているのが気になるが……」

ほっとけと邦洋は思ったが、教師相手なので慎む。

その代わりに、

「他にチェックはいいのですか？」

と彼は聞く。

式神登録に必要なことと言われたのに、鬼呪を見せただけだからだ。

「この男、ずっと我らに対して術式を使っておったぞ。おそらく調査型」

と煉が言う。

「気づかれていたか」

と渡辺が息を呑《の》む。

「全然わからなかった」

彼とは違う理由で邦洋は驚く。

他の生徒と比べて椿の術式発動は静かで知覚しづらいのだが、渡辺のものはさらに洗練されているということか。

「ならば説明しておこう。俺が使った術式は【三世相命鑑《さんぜそうめいかん》】といって、瘴霊の危険度を探るものだ」

と渡辺は悪びれずに打ち明ける。

「危険度を探るってどうやってですか？」

見ただけで危険かどうかわかるなら苦労はいらないと邦洋は思い、首をひねった。

「瘴霊はな、人に危害を加えると濁染《だくせん》と呼ばれるものが霊力に混ざる。どれくらい霊力に混ざるか、知覚する術式なんだ」

「人を殺傷するほどそのダクセンってやつが増える、濃くなるってことですか？」

第27回
スニーカー大賞
最終選考結果発表！
総応募数1,279作の中から
12年ぶりに大賞現る！
イラスト／いとうのいぢ、左・三嶋くろね

特別賞

殺し屋兼高校生、中二病少女に勘違い！

海山 蒼介

あらすじ

日本の高校に通うことになった、稀代の殺し屋・黒木猫丸。

「こんな所で邂逅するとはな――黒猫」なぜか猫丸の殺し屋の異名を呼び掛けてきたのは異様な存在感を放つ少女で……。

そう、彼女は中二病だった！　勘違いが加速する、殺し屋 × 中二病ラブコメ！

金賞

腕ヲ失クシタ璃々栖《リリス》
～明治悪魔祓ヒ師異譚～

SUB

あらすじ

悪魔祓い師《エクソシスト》の少年・阿ノ玖多羅皆無《あのくたらかいな》は、任務中に心臓を貫かれる致命傷を負う。それを助けたリリスという美しい少女。彼女はなんと「七つの大罪」に連なる悪魔だった——。

悪魔祓い師《エクソシスト》と悪魔。対極の二人の数奇な運命が、今動き始める！

選評｜春日部タケル

文章力、時代考証、台詞回し等、様々な要素が極めて高水準であり、新人賞離れした作品だな、という印象を受けました。

世界観や地の文は重厚なのにもかかわらず、主人公とヒロインの関係性には少年漫画的な熱い要素も感じられ、ラノベとしてその辺りのバランスも素晴らしいです。

ラストバトルは流れによってもっとカタルシスを増せると思いますので、最後にガツンとインパクトを残す事ができれば、更に最高の作品になるのではないかと。

総じて完成度の高い、良質な物語でした。

ヒロイン璃々栖は相当攻めた外見設定ですので、カバーが今から楽しみです。

あらすじ

異世界に招かれた華憐な女子高生——達の正体はマッドサイエンティスト、機械生命体、暗殺者、生体兵器、そして発火能力者というイロモノ集団で!?　しかし、細かい事を気にしない彼女達は元気に楽しく魔王討伐を目指し歩んでいく。規格外の才能を持つ JK による痛快異世界コメディ！

は

評

司

あるすべての賞選
否両論激しかった
きなポテンシャル
部分をどう判断す
かわされました。
となく発揮できれ
えるという伸びし
ず投稿小説が強い
でこそ出す価値が
幻想を売るもの
この幻想を売った
しいといえます。

スニーカー文庫編集部

本作は「異世界転生」という王道を下地にしつつ、狂気的ともいえる二面性を持った女子高生達がコミカル且つ痛快に暴れまわるファンタジー作品です。

スニーカー文庫編集部としてはおよそ 12 年ぶりに〝大賞〟受賞作を世に出すということは大変喜ばしくもあり、一方では重い決断でもありました。

しかし本作はキャラクターの魅力と存在感が抜きんでており、この魅力をより広く伝える為には強い覚悟と共に世に刊行すべきと判断しました。

これぞ新時代の異世界コメディ、〝大賞〟受賞に相応しいパワーを持った快作です。

第27回スニーカー大賞
受賞作品はこちら

賞
異端少女らは異世界にて
すめらぎ ひよこ

金賞
腕ヲ失クシタ璃々栖《リリス》
～明治悪魔祓ヒ師異譚～
SUB

銀賞
僕らは『読み』を間違える
水鏡月 聖

銀賞
メンヘラ少女の通い妻契約
花宮 拓夜

別賞
殺し屋兼高校生、中二病少女に勘違い!
海山 蒼介

大賞

異端少女ら
異世界にて

すめらぎ ひよこ

選

春日部タケル

五人の少女達のぶっとんだ個性が際立っており、会話も軽妙、ストーリーも明確にして痛快で、終始気持ちよく読む事ができました。このお話が素晴らしいのは、現時点でも十分に楽しめる内容なのにもかかわらず、面白さがこれで打ち止めではなく、こうすればもっとよくなるんじゃないか、という案がポンポン浮かんでくる事です。

将来の大いなる可能性を感じさせてくれた点が、大賞受賞の決め手となりました。

とにかく読んでいて楽しい、という感情を抱かせてくれる、ザ・エンターテイメント、とでも呼ぶべき小説でした。

長

自分が参加したこ
考の中で、もっと
作品でした。とて
と、書ききれてい
るかで、緊迫した
ポテンシャルを余
ばレーベルの主力
ろがある作品は、
時代にあって、新
あるものです。小
です。応募作とし
のだから、大賞に
異端の作品でした

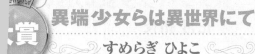

個性あふれる計 4 作の受賞作品！

銀賞　僕らは『読み』を間違える

水鏡月 聖

あらすじ

僕らは日々、「わからないこと」の答えを探している。明日のテストの解答、クラス内の立ち位置、好きなあの子が好きな人。かく言う僕・竹久優真も、とある難題に直面していた。消しゴムに書かれていた『あなたのことが好きです』について——恋も推理も、すれ違うから面白い。青春 × 本格ミステリー！

選評｜スニーカー文庫編集部

文学作品を斬新な角度から解釈した「読書感想文」をヒントに、恋愛や友情といった人間関係を取り巻く事件に解決の糸口を見いだす“青春 × ミステリー”作品です。
本好きの皆さんが楽しめるのはもちろん、登場人物の魅力をキャッチーに描けている点、本格ミステリーを纏いつつもキャラクター小説として親しみやすいバランス感覚が光りました。
ミステリーであり、ラブコメであり、友情を巡る青春でもあり。ライトノベル読者のニーズが驚くようなスピードで変遷する昨今、新たな地平への挑戦も込めて、大いに期待しています！

銀賞　メンヘラ少女の通い

花宮 拓夜

あらすじ

「もうメンヘラはこりごりだ」そう思っていたはずなのに
同じ大学に通うパパ活女子・琴坂静音が、なぜか僕と
契約をしようと提案してきた⁉ つい、OK してしまっ
僕の大学生活はどうなっちゃうんだ……。これは奇妙な
活から始まるハートフルな青春ラブコメディ！

選評｜長谷敏司

題材の難しさに対して、その要素をキャラとして消費するの
実に向き合った作品。前半と後半で、物語のトーンの変化
物配置もスライドするのが見事でした。あまりにも微妙な
求する題材を、踏み外さずに渡りきっていました。最後の
抜かずに着地でき、結論部の余韻に納得感を加えられて
的にはもう一段高い評価でもよかったと思っています。

※選評はザスニ WEB に掲載の第
最終選考結果ページより一部抜粋

スニーカー文庫3月の新刊
2021
3
March
スニーカーNAVI
「このファン」が書籍化！
国内200万DL大人気アプリゲームCHECK!!
今度のカズマはアイドルプロデューサー!?
新作
この素晴らしい世界に祝福を！ファンタスティックデイズ
昼熊
原作／暁 なつめ　協力／Sumzap　イラスト／三嶋くろね
話題作『見知らぬ女子校生』2巻登場！
KADOKAWA NEW BOOKS INFORMATION
スニーカーNAVI(2022年3月1日発行) 発行:株式会社KADOKAWA
〒102-8177東京都千代田区富士見2-13-3
電話:0570-002-301(ナビダイヤル)
イラスト/三嶋くろね(「この素晴らしい世界に祝福を！　ファンタスティックデイズ」より)
Art Direction／AFTERGLOW

2022年4月1日発売の新刊
通じ合ってる
2人の新婚生活――
うまくいかない
わけがない。
新作
男子だと思っていた
幼馴染との新婚生活が
うまくいきすぎる件について
はむばね　イラスト/Parum

最悪最凶異形の力で薙ぎ祓え!!
呪術×ダークヒーローファンタジー！
災禍「瘴霊」を祓うエキスパートを育てる黒東学園に通う邦洋は、霊力を有しながらも呪術の才能が皆無だった。しかし"鬼族"の少女・煉と式神契約をしたことで、本来人の身には余る神級の術式【鬼呪】を体得し!?
新作
最弱呪術師、鬼神の力に覚醒する
相野仁　イラスト／クロがねや

チート能力に目覚めて人生逆転!?
異能サクセス
財政破綻で国家消滅の危機に瀕した日本は超能力を用いた再建を計画。無能者の錬徒には関係ない話のはずだったが、招集によって「テレポーテーション」の能力が発覚!?ボッチだった学校生活はこの日を境に一転する!
ル下克上
力に目覚めたボッチが政府に
出されたらリア充になりました
イラスト／PAN:D

#Cosplayer
君はどっちの姿の私が好き？
#Classroom
夏コミに来た俺は、コスプレ会場でとびきり笑顔の女の子に目を奪われた。聞けばSNSで超人気のコスプレイヤーらしい。そんな彼女の落とし物を届けた先にいたのは、極度の人見知りのクラスメイト・桜宮瑞穂で!?
新作
SNSで超人気のコスプレイヤー、
教室で見せる内気な素顔もかわいい
雨宮むぎ　イラスト／kr木

第28回 スニーカー大賞作品募集中!
大賞300万円
+コミカライズ確約
金賞100万円 銀賞50万円 特別賞10万円
前期締切 2022年3月末日
後期締切 2022年9月末日
君の紡ぐ物語で、世界を変えよう。
締切必達!!!
詳しくは ザ・スニWEBへ
https://kdq.jp/s-award
イラスト/左

LINEやってるよ!
お友達登録してくれた方には
LINEスタンプ風画像プレゼント!
新刊情報などを
いち早くお届け!
イラスト／
三嶋くろね

月刊ニュータイプ
Newtype
THE MOVING PICTURES MAGAZINE
©吾峠呼世晴／集英社・アニプレックス・ufotable
※内容は予告なく変更になる場合があります
4月号
3月9日水発売
表紙&巻頭特集
「鬼滅の刃」
POWER PUSH
グッバイ、ドン・グリーズ!
スローループ
リーマンズクラブ
トライブナイン
王様ランキング
東京24区
etc.
アクション開幕!
新作
鏡銀鉢
MAMORU NAGANO'S
The Five Star Stories
永野護

と邦洋が聞く。

「そうだ。そしてその鬼は潔白だ。いままで人を襲ったことがない」

「当然じゃな」

と煉は言って胸を張ったあと、

「それにしてもあの渡辺綱《わたなべのつな》の術式の使い手がまだおったとはのう」

何やら感心する。

「一応その末裔《まつえい》だと家には伝わっている。真偽はわからん」

渡辺が答えると、煉はなるほどとうなずく。

「渡辺綱の末裔ですか」

悪鬼を何体も葬った伝説の剣士の名前くらいは、さすがの邦洋も聞いたことがあった。

「この鬼は危険度が低く、すぐに排除する対象ではないということだ。上には報告する必要があるし、おそらく監視もつくだろうが」

と渡辺は話を戻す。

「そうですか」

邦洋はホッとする。

とりあえず様子見となっただけでもありがたく思った。

「これから式神登録申請をするので、お前たちにはついてきてもらいたい」

　と渡辺は言う。

「わかりました」

「仕方あるまい」

　邦洋と煉はそれぞれの言い方で承知する。

　彼らが案内されたのは職員室だった。

「職員室でやるんですか？」

　意外すぎる場所に邦洋が聞くと、

「ああ。式神を連れてくる生徒はいないわけじゃないからな」

　と渡辺は答える。

「鬼だ」

「あれは鬼ですよね」

「霊力は大したことなさそうだが」

「力を抑えているだけだろう？」

「渡辺先生が認めたなら当面危険はないだろう」

　教師たちが遠巻きに煉を見て、小声で話す。

彼らも人間なのだと邦洋は実感する。

「種族は鬼として、名前は？」

と渡辺が聞く。

「煉」

邦洋が答え、煉は否定しなかった。

「れん？」

渡辺は書類を書く手を止める。

「愛称か？」

と彼が問うと、

「問題があるのか？」

煉が聞き返す。

「いや、ない。本名じゃないと把握できればいい」

渡辺は即答する。

「いいのですか？」

邦洋が首をひねると、

「契約者だけ知っていればいいことだ」

と渡辺は返答した。

(俺も知らないと言えないな)

邦洋は思う。

「真《まこと》の名を知られると契約に干渉されるおそれが生じるからのう」

と煉が説明する。

「そんなことができるんですか?」

式神のリスクについて邦洋は驚愕《きようがく》した。

「術師次第では可能じゃな。妾がそんなことはさせぬが」

と言って煉は笑う。

「まあ高位の鬼をどうこうできる術師なんていない。普通は干渉しようとしただけで、魂や肉体が破壊される」

渡辺は淡々と話す。

「呪術返しは基本戦術じゃからな」

と煉は笑う。

「と言うか、鬼呪を使おうとしても似たようなことになるはずなのだが」

渡辺はおそろしいことを言って首をかしげる。

「それは誤解じゃな」

と煉は否定した。

「鬼と信頼関係を築いておれば、すくなくとも使った瞬間体が爆発するという事態はないはずじゃ。鬼がそうならぬよう警告するからの」

「なるほど」

彼女の説明を聞いて渡辺はうなずく。

「たしかに俺もいろいろ配慮してもらいました」

と邦洋が言う。

「もっとも邦洋が特別なのは事実じゃぞ。鬼呪を使える人間、妾も初めてじゃ」

と煉はニヤリとする。

「そこは同じじゃか」

と渡辺は言って、

「だとしてもそれだけで上のクラスに転籍は認められん。学園の成績をもって判断するところだからな」

邦洋に話す。

「当然だと思います」

と邦洋は答えたが、

「頭が固いのう」

煉はあまり納得していないようだった。

「実績も前例がないと人間は弱いんだ。理解してくれ」

と渡辺が彼女をなだめる。

「人間には人間のルールがあるんだよ」

と邦洋は彼の肩を持つ。

「まあそなたが言うなら」

煉はしぶしぶ受け入れる。

「……鬼が人間を立てるなんて安倍晴明様の再来かよ……?」

と渡辺は目を限界まで見開く。

あまりにも驚いたのか、教師としての言葉づかいが崩れている。

「性格や相性もあるんじゃないですか?」

実感がうすい邦洋は首をひねった。

「それはある」

と煉が認める。

「……いずれにせよしばらくは蒼雛のままで頼む」

「わかりました」

渡辺は何とか心を立てなおす。

彼にとって幸いなのは邦洋が素直なことだろう。

(鬼呪を使える時点で白狼《はくろう》は堅いと思うが……反発は出るだろうし、俺じゃなくて高井戸に向けられるだろうな)

と、心の中で渡辺は整理する。

言葉にしなかったのは、煉の反応をおそれたからだ。

見た感じ霊力はさほどでもないのだが、鬼相手に決めつけるのは危険だ。

鬼は人間の常識や経験が通用しない強大な種である。

単純に渡辺じゃ理解できないくらい強いという可能性があった。

「先生?」

彼の心理を知らず、邦洋は不思議そうに呼びかける。

「クラスに行ってくれ。担任は戸中《となか》先生か?　俺から事情は話しておく」

と渡辺は言い、邦洋はうなずいた。

第六項「初めての昼休み」

黒東《こくとう》学園は呪術師を育てる教育機関だが、ただ呪術を学ぶだけじゃない。

国語、数学、生物、化学、英語といった一般科目もある。

「体育、美術、音楽、家庭科が全部呪術師関連になるって点が違うらしい」

昼休み、邦洋《くにひろ》はひと目がない校舎の陰に来ていた。

そこで購買で買ったパンを食べながら、煉《れん》にカリキュラムの説明をする。

式神登録したとは言え、同じクラスの面子《メンツ》に彼女の存在を大っぴらにするのは、何となくためらわれたのだ。

「なるほどのう。戦闘面だけ鍛えればいい呪術師になれるかと言うと、妾からも疑問じゃからな」

邦洋にとって意外なことに、煉は理解がある。

「そうなのか？」

彼が聞くと、

「うむ。今日役に立たなかったことが明日も役に立たないとはかぎらぬものじゃ」

と彼女は答える。

「ふうん」

頭ではわかるが共感しづらい。

そんな邦洋の反応に、

「妾がいい証拠じゃぞ？」

と煉は笑う。

「そなたと出会うまで、人間と仲良くする意味などないと思っておったからのう」

彼女の発言には説得力がある。

「まあ俺も鬼とこうして飯を食う日が来るなんて、想像したことすらなかった」

と邦洋は認めた。

会話が途切れたところで足音が聞こえ、

「ここにいたのか」

と椿《つばき》が話しかけてくる。

「百草園《もぐさえん》か」

と邦洋は座ったまま答えた。

「驚いてはいないんだな。探知術式もすごいのか」

彼のことを知っている彼女は感心したが、

「いいや？」

と邦洋は否定する。

「どういうことだ？」

怪訝《けげん》な顔をする椿に、

「煉を見ればわかるんだ」

と彼は種明かしをした。

「知り合いなら姿を隠す必要はないからのう」

煉は察していたらしく、にやりと笑う。

「なるほど、式神のことをよく理解しているからこその判断だな」

と椿は納得し、感心する。

「隣に座ってもいいか？」

「いいけど」

椿の意図が読めず困惑しながら、邦洋は許可を出す。

椿はハンカチを地面に敷いて腰を下ろし、

「さっそくあなたのことが話題になってたよ」

と報告する。

「話題？」

邦洋はぴんと来なかった。

学生の中で煉を知っているのは、彼女ひとりだけ。

彼のイメージじゃ教職員と生徒の間で、大きく断絶しているのだ。

「わたしの担任が渡辺《わたなべ》先生なんだ」

と椿が微笑《ほほえ》みながら話す。

「あっ、そういうことか」

邦洋は納得できた気がして、右膝《みぎひざ》を軽く叩く。

「先生しか知らない情報、何で広がった？　と思ったよ」

と彼は言う。

「うちのクラスで簡単に話があったぞ。鬼と式神契約をかわすことに成功した人間はいる、という言い方で」

椿が話す。

「あの言い方だと過去の偉人の話だと解釈した者は多いだろうな」

それから自分の見解をつけ加える。

「何でそんな言い方をしたんだろ？」

と邦洋は言った。

「いきなりだと刺激が強すぎるからかも」

と椿は予想する。

「俺らは爆弾扱いか」

邦洋が笑う。

「爆弾ごときと同じ扱いは不満じゃな」

煉は冗談か本気かわかりづらい発言をする。

「まあ鬼だしな」

「百草園、飯は食べたのか？」

椿は彼女の言葉を当然という顔で受け入れた。

と邦洋は聞く。

「ああ。教室で友人とすませた」

椿は即答する。

「友人……そんなすぐにできるものなのか」

邦洋はちょっとショックを受けた。

昨日が入学式だったばかりなのに。

彼がそんな思いを込めると、

「何を言ってる？　わたしと高井戸《たかいど》くんも友人だろう？」

椿は不思議そうに首をかしげる。

「俺たちって友人だったのか……」

と邦洋は目を丸くした。

昨日知り合ったばかりなのに、という想《おも》いが再び彼の脳内を駆ける。

「寂しいことを言わないでほしいな」

椿はしゅんとした。

彼女ほどの美少女にされると、罪悪感が刺激される。

「ああ、悪かった」

邦洋が詫《わ》びると、

「うん、許すよ」

と椿は笑顔を向けた。

「……だまされた気がする」

「だましてないさ」

邦洋のひかえめな抗議は、彼女に笑顔で流される。

「友人と思ってる人に、他人だと思われたらつらくないか？」

と彼女は笑みを消して聞く。

「それはよくわかる」

邦洋の返答には真情がこもる。

わかるからこそ、彼は人間関係に臆病なのだった。

「わかってくれるならいい」

と言った椿に笑顔が戻る。

「うん」

邦洋がうなずく。

ふたりのやりとりを煉は微笑ましく見守っている。

「ところで式神登録、どんなことをしたのか勉強のために聞いてもいいか？」

と椿が聞く。

「えっ、教えるのはいいんだが、ただ鬼呪を使って見せただけだぞ？」

邦洋は困惑まじりに答え、

「だから百草園の参考にはならない気がするんだ」

と彼女の目を見る。

「たしかに参考にならないな……」

椿は苦笑する。

「あっさり合格したのは当然だ」

彼女が断言したのが気になったので、

「鬼呪ってそこまで難しいのか？」

と邦洋は確認した。

「鬼と式神契約をかわすこと自体、式神の中でも最高難易度と言われているからな。おそらく高井戸くんは知らないのだろうが」

椿は笑いながら教えてくれる。

「鬼を式神にするのは難しいってことしか知らない……」

と邦洋は肩を落とす。

鬼呪がすごいだけじゃなく、それ以前にすごいことを彼はやっていたのだ。

「正直、あなたを上位クラスに転籍させたほうがいいと思うけど」

と椿は笑みを消して言う。

「成績を考慮するから、それはできないって渡辺先生が言ってた」

邦洋が話すと、

「なるほど。力を正しく使えなかったら意味がないからな。高井戸くんは力を持っているが、使えるかわからないという状況。学園側はそう考えているのだろう」

と椿は自分の見解を述べる。

「それは正しいんじゃないか？」

と邦洋は言う。

「正直、俺だってどこまで鬼呪を使いこなせるのか、把握しているとは言えない段階なんだしな」

「昨日契約をかわしたところじゃしのう」

と煉も彼に同調する。

「わたしの余計なお世話だったかもしれないな」

椿は彼が不満を持っていないのを知って、考えを改めた。

「いや、心配してくれるのはありがたいよ」

と邦洋は言う。

彼女の考えは自分に寄り添ったものだとわかるのだ。

だからこそ感謝の気持ちしかない。

「我が主人殿は欲がすくないせいか、あせりもないようじゃ」

　と煉が言う。

　からかうようでもあり、好ましく思っているようでもある表情だ。

「……うん、たしかに高井戸くんはそんな人だと思う。だからこそわたしとしてもつき合いやすいのだが」

　と椿は語る。

「そうなのか？」

「そうなんだ」

　邦洋に彼女は微笑む。

（踏み込まないほうがよさそうだな）

　と彼は直感する。

　考えてみれば椿は美少女だし、成績も優秀だ。

　苦労のひとつやふたつあっても不思議じゃない。

「ところでそなたは主人殿と雑談をしに来たのか？」

　と煉は不意に聞く。

「いや、本題はほかにある」

と椿は言う。

「明日、実習戦闘訓練があるだろう? よかったら一緒に組んでくれないか?」

と言って椿はまっすぐに彼を見つめる。

「あれって同じクラスじゃなくても組めるのか?」

邦洋は驚いて見つめ返す。

「ああ。そういう制限はない」

彼女はきっぱり言う。

「なら俺も組みたいな。他に組めるアテもないし」

と邦洋は答え、

「煉はどう思う?」

式神に聞く。

「いいと思うぞ」

と煉は即答する。

「今後、誰かと組んで戦うときはあるじゃろ。いまから練習しておいて損はない」

彼女の意見にふたりはうなずく。

「話は決まりだな」

と椿がホッとすると、

「ああ、よろしく、百草園」

と邦洋は応じる。

「こちらこそ」

椿が手を差し出してきて、ふたりは握手をかわす。

彼女の手は硬く、刀を握った鍛錬の積み重ねをうかがわせた。

「ところで他に仲間はいないのか？」

と邦洋は聞く。

彼女なら誘いは多いだろうと思ったのだ。

「難しいところでね」

椿は表情を引き締めて、

「あなたのことを勝手にしゃべってもいいかという理由が第一だ」

と話す。

「そりゃそうだな」

邦洋は納得する。

自分の情報を勝手にしゃべられるのはあまり好ましくない。

それに椿の情報も彼はあまり誰かに話したくはなかった。

「あと、こちらが問題なのだが、鬼呪のことはおそらく信じてもらえない」

と椿は言う。

「……そうかもしれないな」

邦洋は受け入れる。

これだけ短時間に驚かれる経験をすると、会ったことがない人間たちが信じないのも想像しやすかった。

「だからいっそふたりだけでもいいのではないかという気がしている」

椿の言葉に、

「試験内容次第じゃないか？」

と彼は答える。

「まだ覚えたてだから、対応力に関して自信はない」

「実に誠実だな」

椿は好意を込めて笑う。

「わたしも内容は知らないが、そこまで過酷なものにはならないと思う。戦闘適性の低い者をふるいにかけるのが目的だというわさだ」

彼女の言葉を聞いて、

「そういうものか」

と邦洋は応じる。

「適性の有無を見極めるのは早いほうがいいじゃろうな」

煉は試験の予想について理解を示す。

「適性がないって判断されたらどうなるんだろう？」

邦洋は疑問を口にする。

「後方支援か事務職に回されるはずだ」

椿は返事をしてから、

「本人が希望すればの話だが」

とつけ加えた。

「希望しないってことはあるのか？」

邦洋は若干不穏なものを感じて、首をかしげる。

「呪術師関連の仕事は危険が大きい。戦闘適性がないなら余計にだ。とどまりたくないと考える人がいても、責められないだろう」

と椿は語った。

「たしかにな」

邦洋はうなずく。

自分ならどうするかと考えてみる。

「俺も辞めるかもな、戦えないなら」

彼はそこまで強い使命感があるわけじゃない。

「それが普通だよ」

と椿は微笑む。

「人間は変わらんのう」

歴史を感じさせる発言を煉がする。

「仕方あるまい。戦えないのが悪いわけじゃない」

と椿は言う。

「責めたつもりはないのじゃがな」

と煉は苦笑する。

「強さで言えば安倍晴明じゃが、霊装《れいそう》作りについてはアシヤドーマが上手じゃった。奴《やつ》らが揃《そろ》っていた時代は面倒じゃった」

どこかなつかしそうに彼女は話す。

「晴明様だけじゃなく、道満《どうまん》様も知っているのか。鬼ならおかしくないのか？」

　と椿が首をひねる。

「まあそうだろうな」

　と邦洋が言う。

　彼は感覚がマヒしてしまっている。

　蘆屋《あしや》道満という、安倍晴明に並ぶビッグネームが出ても驚かなかった。

「ところで霊装ってなんだ？　武器とは違うのか？」

　邦洋は他にわからないことがあったので、彼女たちに聞く。

「霊装は霊力を帯びた素材と、霊力を用いた加工によって作り出されるアイテムだ。わたしが持っている三代目兼定も霊装になるな」

　と椿が答える。

「霊力をまとうなら、霊装を使うほうが効率よいからのう」

　煉が補足するように言った。

「そうなのか」

　と邦洋は答え、防具はどうしたと椿が聞いてきた理由にようやく合点がいく。

「一般の家系なら持ってなくても仕方ないが、これからを考えたらやはり防御用の霊装を用意したほうがいいと思う」

と椿は彼に忠告した。

「だろうな」

邦洋だって好きでリスクを背負っているわけじゃない。

「霊石をどれくらい集めたら、霊装と交換できるか知っているか？」

と彼は聞く。

「一番交換しやすいもので百くらいじゃなかったかな？」

椿は自信なさそうに答える。

「霊石の質でも変わると思うが、代々木怪宮《ダンジョン》で入手できるものだと、百は必要になると思う」

「……今日中に手に入れるってのは、ちょっと無理があったか」

邦洋はさっき浮かんだ計画をあきらめた。

「さすがのあなたでも今日中は無茶《むちゃ》だ。時間が足りない」

椿は苦笑する。

「我々一年は実績がなく、難易度が高い怪宮には挑戦できない」

「そうだな」

彼女の言葉はもっともだと邦洋も思う。

「野良瘴霊はどこで遭遇するか、どんな奴かは選べないし」

邦洋もさすがに無茶だと思う。

「いきなりすぎるのう」

と煉すら彼に同意見だった。

「今日はひとまず練習だけにしておくがよい」

彼女は言って椿を見る。

「この娘が邦洋をのぞいて一位なら、実習戦闘とやらの心配はいらぬじゃろ」

挑発的な物言いだったが、椿は怒らなかった。

「そうだろうな。確認したいが、昨日の戦闘で煉殿は戦ったのか？」

「いいや？　妾が戦えばもっと邦洋は楽できるじゃろうな」

煉が即座に否定する。

「つまり高井戸くんは式神なしであの強さか⁉」

椿は驚く。

「まあ妾も仰天の連続じゃからのう」

煉は彼女に共感する。

「俺ってそんなびっくり人間か？」

と邦洋が首をひねると、

「うむ」

「間違いない」

煉と椿が同時に断言する。

「そうか」

と邦洋が受けとめると、

「よければ基礎練習、わたしもつき合っていいか？」

と椿が聞く。

「いいんじゃないか」

邦洋は言ってから、ちらりと煉を見る。

「邦洋と同い年の術師の力量、知っておきたいのう」

と彼女は言って賛成した。

「学ぶこと多そうだな、よろしく」

と邦洋が頭を下げると、

「いや、こちらこそ」

椿はあわててあいさつを返す。

そして、

「負けたわたしに対して謙虚だな」

と彼女は感心する。

「それはそれだろ」

と邦洋は言った。

「これは間違いなく美点じゃな」

煉が微笑むと、

「同感だ」

と椿は笑顔で賛成する。

第七項「霊力の運用」

放課後の午後四時。

邦洋《くにひろ》と煉《れん》は約束の五分前に、代々木怪宮《ダンジョン》の前にやってくる。

椿《つばき》はすでに来ていて瞑想《めいそう》していた。

「ごめん、待たせたな」

と邦洋は詫《わ》びる。

「気にしないでくれ。ほんの二、三分だ」

と椿は微笑《ほほえ》む。

「なかなかのタイじゃ」

煉は彼女の霊力を見て褒める。

「タイ……？　収束ではないのか？」

と椿は首をかしげた。

「なるほど、いまはそう呼ぶか」

煉は知らなかったと認める。

「収束とやらは霊力の無駄な流れを減らし、一か所にとどめることで防御力、そして術式に使用する効率もあげる、じゃろ？」

「そうだ。鬼はタイと呼ぶのか」

椿は興味深そうに言う。

「名付けたのは人間じゃが、まあよい。年の割には見事なものじゃ」

と煉は改めて彼女を褒める。

「そうなのか？　煉殿に言われると自信になるな」

椿はうれしそうに目を細めた。

「きれいだと俺も思うよ」

邦洋も自分の感想を言う。

「ありがとう」

と椿は答えて、

「あなたのものも見てみたいが、かまわないかな？」

と聞いてくる。

「俺のは大したことないと思うんだが……練習しはじめたところだから」

と邦洋は言ったが、

「百草園《もぐさえん》のだけ見るわけにもいかないか」

仕方ないとゆっくりと霊力を自分の体にまとう。

椿が清く整えられた泉とすれば、彼のものは荒ぶる大河のようだった。

「力強くて頼もしいじゃないか！」

椿は微笑みながら褒める。

「えっ、そうかな？」

邦洋は驚く。

褒められる段階じゃないと思っていたのだ。

「粗削りなのは仕方ないからのう」

と煉は言う。

「基礎には近道なし、じゃ」

「鬼でも言うのだな」

彼女の言葉に椿が目を丸くする。

「意外と隣接しておるからな、人と鬼は」

煉は意味ありげに笑う。

「思えばたしかに煉は人間に詳しい気がする」

と邦洋はむしろ納得する。

「そうなのか」

椿は好奇心を抑えられていない視線を煉に向ける。

「さて、今日の目的は合同練習じゃろう？」

煉は気づきながらも無視して、話を切り出す。

「ああ、そうだな」

邦洋は追及しても無駄だと思って返事をする。

「人間の呪術師同士だとどうする？」

と煉は椿に聞く。

「術式なしの組手をするか、術式の応酬をするかが多いだろうな」

椿は即答する。

「それがふたりでやる基礎練習か？」

という邦洋の問いに彼女はうなずいた。

「術式に頼らない基礎戦闘力もあったほうがよいとされるし、基礎戦闘力で押し切れない相手には術式が必要になってくる。誰かと比べ競うほうが伸びやすいそうだ」

「なるほどな」

椿の説明に邦洋は感心する。

「椿が言うのは霊力の運用じゃな」

と煉が簡潔に言う。

「邦洋も怪宮内で体験したじゃろ？　霊力がどれくらいもつのか、どれくらいで回復するのか」

「やったな」

と邦洋は答える。

霊力が切れると、最低限の防御すらできなくなってしまう。

「危険を減らすためには自分の霊力量を把握し、効率的な運用法を身につける必要があるわけじゃ」

煉が語る。

「状況によって霊力の消耗度にズレが出ることがあるらしい。わたしはまだ実感したことがないんだが」

と椿が言うと、

「俺はもっとわかんないな。対人経験がゼロだから」

邦洋は応じた。

「なら、今回の練習はあなたにとってはうってつけかもしれないな。役に立てそうで何よりだ」

と椿は安心したように言う。

「俺が教わってばかりなんだから、気にしなくていいだろ。むしろ俺のほうが悪いんじゃないか？」

邦洋は苦笑する。

「たしかに驚くほど知らんの。よく教育機関とやらに入れたものじゃ」

と煉がはっきりと言った。

「知識はあとで教えられるので、呪術師としての素養を重視するというのが、たしか黒東《こくとう》の方針だったかな」

椿は答える。

「実際、高井戸《たかいど》くんを入学させたのは大正解だろう？」

彼女の言葉を聞いて、

「なるほど。もっともな話じゃ」

と煉は納得した。

「それでいいのか？」

邦洋は疑問を抱く。

煉と出会えたからこそだと彼は思うのだ。

「大事なのは結果じゃぞ？」

と煉は言い、

「同感だ」

椿が力強く賛成する。

「呪術師界隈《かいわい》じゃそうなんだな」

なら気にしなくていいのかと邦洋は思う。

「話が長くなったな。さっそくやらないか？」

と椿は言った。

「いいよ、何からする？」

邦洋は聞く。

「怪宮に入ってそこでまず白兵戦はどうだろう？　あなたがどれくらい動けるのか、知っておきたいのだが」

と椿は提案する。

「白兵戦かあ。たしかにチェックしておきたいな」

邦洋は前向きになれなくても承知はした。

「椿がどれくらい強いのか、知っておいて邦洋に損はないからのう」

という言い方で煉も賛成する。

「高井戸くんは一般の家系だそうだが、格闘技などの経験は？」

怪宮に入りながら椿が聞く。

「全然ないよ」

邦洋は即答する。

見栄《みえ》を張る意味はないし、彼女ならすぐに見抜くだろう。

「そうなると白兵戦は術式ありにすべきだな」

と椿は言った。

「異論はないんだが、百草園の白兵戦の実力を先に見せてもらってもいいか？」

邦洋は要望を伝える。

「そうだな。一度見せたほうが早いだろう」

椿は彼から十メートルほど離れて、居合切りを放ってみせた。

「み、見えない」

と邦洋は率直に言う。

「術式なしだとそんなものじゃろう」

煉は笑う。

「見えたのか？」

「うむ」

彼に聞かれて煉は即答する。

「年の割には手練《てだ》れじゃな。弱っているときに遭遇すると厄介そうじゃ」

と彼女は己の見解をつけ加えた。

ひと目見て椿の剣士としての力量をある程度見抜いたらしい。

「呪術師は補助術式と装備なしだと、生身の人間と変わらない。その意味でも装備をととのえたり、鍛錬を積むことをオススメする」

と椿は言った。

「だな」

邦洋はうなずく。

椿の一閃《いっせん》を見たあとだと説得力がありすぎる。

「……高井戸くんは鬼呪を覚えていけるなら、解決できる問題だと思うが」

と椿は煉を見て言った。

「そうじゃな。補助術式の優先順位をあげておいたほうがいいやもしれん」

と煉はあごに右手を当てながらつぶやく。

椿の動きを見た彼女も考えが変わったようだ。

「白兵戦、やるか？」

と椿は改めてふたりに聞く。

「無謀かもしれないが、補助術式ありならどうなるかを知っておきたい」

邦洋が希望を言うと、

「勇敢だな」

椿は感心する。

「そなたにとっても鬼呪に触れるいい機会じゃろ」

と煉は言う。

「たしかにどのような補助術式があるのか、想像もつかない」

椿は彼女の意見を肯定する。

「俺も練習中だからな……練習も兼ねればいいのか」

邦洋が自分で答えを発見すると、

「そうじゃな。戦い方を工夫するという点で人間は上手い。人間相手に練習するのは、効果が見込めるじゃろ」

　煉は賛成した。

「ではそろそろはじめるか？」

　そして煉はふたりに問いかける。

「そうだな、一度やってみよう」

　と邦洋は答えた。

「承知した」

　椿はうなずいて離れた位置で刀をおさめる。

　彼女のかまえは邦洋から見て、全然隙がない。

「はじめ！」

　と煉が告げる。

【鬼呪顕現：陽炎】

　鬼呪を発動させた邦洋の体は、椿からは透明化して見えた。

「消えた……認識阻害系か!?」

　彼女は驚愕《きょうがく》する。

「いきなり高等術式とは恐れ入る」

とつぶやきながら彼女はすぐに冷静さを取り戻す。
【術式発動：氷紅雨《ひこうう》】
彼女は自分の周囲に氷の花びらを舞い散らす術式を使う。
（己の領域を作り、中に踏み込む者を感知する術式と見た）
煉は審判役なので、椿の術式を見抜きながらも声には出さない。
邦洋が椿の背後に回って近づく。
あと五十センチとなったところで椿は気づき、刀で切りつける。
邦洋は反射的に後方に飛びのいたが、前髪が落ちた。
「なるほど。どうやら感知はできるようだな」
と椿は落ちた髪の毛を見て言う。
切られた髪は『陽炎』の効果の対象外となるようだ。
それで椿は自身の術式の有効性を確信する。
（やっべー）
一方で邦洋は間一髪で避けられて冷や汗をかく。
本能に従った行動は正しかったようだ。
（俺が使いこなせてないのか、相性が悪いんだな）

と彼は思う。

何度か接近を試みるも、椿は反応して刀をふるってくる。

「均衡状態になったのう」

と煉がつぶやく。

邦洋は椿の術式の中に踏み込めない。

椿は距離をとった邦洋がどこにいるのか探せない。

そんな状況だ。

「これは引き分けじゃのう」

と煉が言う。

「同感だ」

椿は賛成して術式を解除する。

それを見て邦洋も術式を解く。

「相性が悪かったのか、それとも俺の修行不足なのか、どっちだろう？」

邦洋はほっと息を吐き、煉に聞いた。

「両方じゃな」

と煉は即答する。

「陽炎はあくまでも視覚を阻害するものじゃからのう」

彼女が言うと、

「なるほど。わたしのは見えない相手を探すものだ」

彼女の言葉に椿は納得した。

「その術式しかまだ使えない。そして術式なしだと近づけないとお手上げなのが、俺が修行不足な点だな」

と邦洋は理解する。

「うむ」

煉は満足そうに同意した。

彼女は邦洋に現状を知ってほしかったのかもしれない。

「鬼呪を覚えたのは昨日なのだろう？　その割には強すぎると思うが」

椿は彼らの会話を聞いて呆れる。

明らかに初心者じゃないと彼女の顔に書いてあった。

「油断とかしたくないんだよ」

と邦洋は言う。

「それはすばらしい心がけだ」

彼の考えを知って、椿はうなずく。

「次は術式の撃ち合いだったっけ？　術式の撃ち合いってケガしないのか？」

「多少はするな」

邦洋の疑問に椿は当然という顔で答えた。

「だから威力の低いものが使われるし、治癒用の人手やアイテムも用意される」

と椿は説明する。

「治癒用？　あるのか？」

邦洋が聞くと、

「わたしは治癒術式を使えるし、アイテムも持っている」

彼女は腰につけていた紫色のポーチから、ポーションが入ったビンを取り出してみせた。

「すまない」

邦洋が礼と謝罪をこめて言う。

「気にしないでいい。わたしがお願いする立場だ」

彼女が笑った。

「俺か煉も治癒術式を使えたらいいんだが」

と邦洋は言って、煉を見る。

「妾のはないよりマシ程度じゃな」

と彼女は答えた。

「鬼は自己治癒能力が優れていると聞く」

椿が煉を見て言うと、

「そのとおりじゃ」

煉は肯定する。

「霊力に関してはさすがにすぐにとはいかんが、傷に関しては死ななければ自然と癒えてしまうからのう」

「それはすごいな」

と邦洋は言葉に羨望《せんぼう》を込めた。

「誰でも得手不得手があるさ」

椿が言う。

「だな」

と彼はうなずき、ふたりは黙って視線をかわす。

「妾が合図をしようかの？」

彼らの空気の変化を感じた煉が申し出る。

「お願いしよう」
椿は邦洋から視線をそらさずに言う。
「ではじめ！」
と煉が右手をあげて告げる。
【鬼呪顕現：陽華】
邦洋は赤い業火の玉を四つ生み出して撃ち出す。
【術式発動：水桜《みずざくら》】
対する椿は桜の花びらの形をした水で三つ相殺《そうさい》し、残りひとつを避ける。
【鬼呪顕現：陽華】
【術式発動：水桜】
ふたりは同じ術式を撃ち合い、すこしずつ邦洋が有利になっていく。
四度めで椿は二つの火の玉を避けることになった。
そして五度めの応酬になったとき、
【鬼呪顕現：陽華】
「くっ」
椿は術式が間に合わなくなる。

半分は回避し、半分は刀で防ぐ。

「わたしの負けだな」

そして彼女は悔しそうに認める。

「あくまでも術式にかぎるという条件じゃからな」

と煉は言って、

「もっともそなたの身のこなしは悪くない。術式戦よりも白兵戦のほうが得意そうじゃ」

自分の見立てを明かす。

「わかるのか」

椿は驚きをもって肯定する。

「何となくじゃが」

煉は笑う。

「百草園は白兵戦が得意なら、俺が術式で援護するってのが、ふたりで組んだときの戦い方になりそうだな」

と邦洋は話す。

「そのほうがわたしは助かる」

椿が申し訳なさそうに言うと、

「俺もだよ。白兵戦に自信ないし」

彼は笑って答える。

もっと強くなれたなら、椿の術式と反応をかいくぐれると思う。

「得意分野が異なっているのは僥倖《ぎょうこう》じゃ」

と煉の言葉にふたりは同時にうなずく。

「言えてるな」

と口にしたのは邦洋だった。

「そうだな。高井戸くんを守るように戦えばいいか」

と椿は言う。

「俺が崩して、百草園が切り込むという手もあるな」

邦洋が自分の思いつきを口にすると、

「いいね！　いろんなアイデアがわいてくる！」

椿は楽しそうに笑って賛成する。

「単純に背中を預け合う形もあると思うが？」

と煉も話に加わった。

「それが一番現実的かもな。広い場所で複数の瘴霊が出現したらさ」

と邦洋は言う。

「たしかに。広い場所で囲まれることも想定するべきか」

椿は何度もうなずく。

「じゃがこの怪宮に広い場所はなかったのう」

煉は残念そうに言う。

「まあ学生、それも一年が入れる場所だからな」

椿は仕方ないと答える。

「それでも連携の練習くらいはできるし、やってみないか？」

「承知した」

邦洋の提案に彼女は賛成したので、次にやることが決まった。

第八項「連携練習」

「煉《れん》は見ててくれ」

戦う前に邦洋《くにひろ》は告げる。

「試験内容によっては、式神は参加できないからな」

と椿《つばき》も言う。

「うむ」

煉は予想していたようにうなずく。

「どっちが前に出る？」

と邦洋が話しかける。

「わたしだ」

椿は答えた。

「俺は援護に徹するか」

「それが一番だろう。もっといい形がありそうだったら、その都度相談して修正していこう」

ふたりは話し合って陣形を決めて、最奥を目指して出発する。

すこししてカエルのような瘴霊が一体出現した。

「では頼む」

と言って椿は刀を抜く。

【鬼呪顕現：陽華】

今回は連携の練習なので、陽華はあくまでも瘴霊へのけん制が目的だ。

三発放たれた業火の玉が命中して瘴霊がひるんだとき、椿は切り込んで瘴霊を倒す。

「いい感じじゃないか」

と邦洋が言うと、

「うむ。幸先《さいさき》がいいな」

と椿が同意する。

まだ一回上手《うま》くいっただけなのだが、成功体験は重要だ。

初心者の邦洋にとっては余計に。

気をよくした彼らが先に進むと、今度は四体のカエル型瘴霊が出現する。

「四体か」

椿がやや苦い顔で言う。

「俺が削るから、とどめを刺すのを頼んでいいか」

と邦洋が提案する。

「ああ、任せた」

椿が答えたところで邦洋は鬼呪を使う。

【鬼呪顕現：白虹円】

白い火の玉が円状に走り、四体の瘴霊たちの顔に直撃する。

瘴霊たちは苦悶《くもん》の声をあげてよろめき、彼らの連携は潰された。

そこを椿が踏み込んで右から順番に斬っていく。

【鬼呪顕現：陽華】

左二体については邦洋が再び鬼呪を使ってとどめを刺す。

最後に落ちた霊石を椿が回収し、

「まさかこんな簡単に勝てるとは」

と驚愕《きょうがく》を浮かべながら半数を邦洋に手渡した。

「百草園《もぐさえん》はもしかして、一対一専門？」

邦洋は直感したことを問いかける。

「そうだ。攻撃術式は不得意なんだ」

椿はすこし恥ずかしそうに認めた。

「なるほどな」

と言い邦洋は、昨日の勝負で勝てた理由に気づく。

代々木怪宮《ダンジョン》の瘴霊はそれほど強くないと言っても、複数体同時に出現することが多い。

一対一専門の椿だとかなり不利だ。

「何か俺に有利な勝負だったみたいだな」

悪いことをした気がすると彼は言う。

「過ぎたことだよ」

椿は首を横に振り、

「それにあなたのことを過小評価していたのはたしかだ」

と言った。

「こっちは蒼雛《そうすう》だしな」

仕方ないと邦洋は受け入れる。

これは椿の人柄も大きいだろう。

「不得意な状況なのに、単独で怪宮突破したのはすごいじゃないか」

と邦洋は感心してみせる。

「同感じゃのう」

　と煉はここで彼に同意した。

「……称賛と受け取っておこう」

　と椿はすこし複雑そうに言う。

　連携の練習を再開するため、奥へと進んでいく。

「探知術式があれば便利だよな」

　と邦洋が言う。

「気持ちはわかるが、使い続けると霊力の消費は馬鹿にならないぞ」

　椿は答える。

「そうなのか？」

　邦洋が聞くと、

「ああ。実は先ほどの手合わせのとき、あと数分もすればわたしの霊力は切れていただろうな」

　彼女は苦笑気味に告白した。

「そうだったのか。あれ、霊力切れを狙う意味がない練習だったから、全然考えもしなかったな」

邦洋は目を丸くする。

「視野が広いな、高井戸《たかいど》くんは。それに冷静だ」

と椿が褒める。

「何でいま褒められたんだ？」

邦洋は首をかしげた。

「目先の勝ちを追って、視野が狭くなる愚か者はそこそこおるからのう」

と煉が勝手に答える。

「邦洋はその狭量さとは無縁じゃぞ」

「ありがたいことだ」

と椿は微笑《ほほえ》む。

女性同士で通じ合っているようだった。

そして二階へと続く階段に到着し、

「こんなに早いとは。ふたりだと違うな」

と椿はすこし感動した面持ちで言う。

「そうなんだろうな」

邦洋はうなずく。

彼女がいないほうが早いのだが、口にするべきじゃない。

それで椿は何かを感じ取ったらしく、

「わたしが足手まといになっている事実には気づいてる。すまない」

と詫《わ》びた。

「いや、連携訓練なんだから、言うだけ野暮《やぼ》だよ」

邦洋は気にするなと告げる。

「初めて組む者同士が手さぐりでやるんだしな」

足りないかもと思った彼は言葉をつけ足す。

「……そうだな」

椿は答えてため息をつく。

「わたしはまだ視野が狭いようだ。いい機会だから、学ばせてもらおう」

と何やら張り切る。

邦洋は不思議に思い、煉をチラッと見た。

百戦錬磨の彼女なら、どういうことか察すると期待したからだ。

「お互いよい刺激を与えあったほうが得、ということじゃ」

煉は見透かしているような表情で言う。

「それはそうだな」

と邦洋は納得する。

「何を堅苦しいと俺なんて思っちゃうからな。あまり気楽すぎるのもよくないか」

彼は自分で自分に言い聞かせた。

「気楽なのは悪いことじゃないよ」

と椿は微笑む。

「緊張がゼロなのは困るが、ほどよくリラックス状態なのは好ましい」

それが彼女の意見だった。

「そなたらは足して二で割ればちょうどよさそうじゃ」

と煉が結論を言って笑う。

「それは言えてると思う」

椿は賛成する。

「かもしれないな」

邦洋も前向きに受け止め、

「それにしても会話が多いな、俺たち」

と苦笑した。

攻略に時間がかかっているのは椿がいるせいじゃなくて、会話のせいじゃないのか。

そんな考えも邦洋には浮かぶ。

「仕方ない。初めて組むのだから、すり合わせはマメにやらないと」

と椿が答える。

「それもそうか」

彼は同意して、すぐに問いかけた。

「いまのところ順調じゃないか？　百草園の意見は？」

「順調だな」

と椿は即答する。

「正直わたしも驚いてる」

彼女の表情にはたしかに驚きが出ていた。

「初めて組む相手と、こんなスムーズに連携できるのは記憶にない」

邦洋としては信じがたいが、椿がウソを言う理由はない。

「そうなんだ？」

と邦洋が首をかしげると、

「ああ。高井戸くんはコンビネーションが上手いタイプなんじゃないか？」

と椿は答える。

「コンビネーション？　俺が？」

邦洋は意表を突かれた。

「誰かと組むことで真価を発揮する才は、たしかにある」

と煉が肯定する。

「そうなんだ？」

邦洋の視線が彼女に向く。

「うむ。そういう呪術師に心当たりもある」

と煉はうなずいたあと、

「そなたはつくづく特異な才の持ち主じゃな」

と言いながら彼を見る。

「マジか」

邦洋は自分の素質のかたよりっぷりを認識させられた。

「煉殿の言うとおりだな」

と椿は言う。

　邦洋の視線が彼女に移ると、

「連携に天性の才を持つ呪術師はけっこう貴重なはずだよ」

　という答えを口にする。

「呪術師ってそうなんだな」

　知らないことだらけだと邦洋は思う。

「瘴霊の数が多いとどうするんだよ？」

　同時に疑問も抱く。

「背中をあずけあって術式で攻撃するのが基本じゃないか？　そこまでわたしも詳しいわけじゃないんだ。あくまでも学生だから」

　と椿は話す。

「そりゃそうだ」

　邦洋は笑う。

　彼女だって知らないことがあるのは当たり前だ。

（煉なら知ってるかもしれないが）

　と考えて視線を向ける。

　煉は黙って肩をすくめただけで何も言わなかった。

知らないのか、ここで言いたくないのか、判断が難しい。

「じゃあ二階層に行ってみるか」

問いただしても答えは返ってこないと思い、邦洋は椿に言う。

「ああ。いまの調子だとふたりで最下層まで行けそうだな」

と彼女は意気込む。

「ひとりで行ける奴《やつ》同士が組んでるんだし、そりゃ行けるだろって思うのは、素人《しろうと》考えなのかな」

邦洋が言うと椿はうなずく。

「足せばプラスになるとはかぎらないと言われている。わたしたちは偶然相性がよかっただけだと考えるくらいでちょうどいいかもしれない」

「やっぱりか」

彼女の慎重な返事に、彼は満足する。

呪術師としてのタイプだけじゃなく、慎重な性格同士なのもあるだろう。

煉は気づいていても、ふたりの人間はまだ気づいていなかった。

「最下層まで行けば、霊石は折半でもそこそこ集まるな」

と邦洋は言う。

「どうする？　煉殿に使うのか？」

と椿は興味を示す。

「まだ決めてない。集まった数を見て、煉と相談しよう」

と邦洋は返す。

「妾としては霊装とやらを見たいのじゃが」

と煉は言う。

「そうなのか？」

初めて聞いた気がするので、彼は彼女を見た。

「うむ。質次第で優先度を変えるべきじゃろう」

よい霊装なら早めに獲得し、そうじゃないなら煉の回復に当てる。

そういうことだろうと邦洋は考えた。

「霊装と霊石の交換、どこに行けばいいんだ？」

と彼は聞く。

「学園でもいいし、ほかの怪宮でもいい。代々木にはないのは残念だが」

椿が回答する。

「学園でもできるのか」

邦洋は目を丸くした。

「そうだよ。明日の実習戦闘が終わってから、普通は知らされるらしい。高井戸くんが知らなくても不思議じゃない」

と椿は語る。

「百草園は何で知ってるんだ？」

邦洋は当然の疑問をぶつけた。

彼女は明日教わることをすでに知っていると言ったのだから。

「先生に教わった。怪宮探索を申請したときに」

と椿は答える。

「探索を申請……？」

邦洋はぎょっとした。

「もしかしてやらないとダメなのか？」

やばい。

質問しながら彼はあせる。

「ダメではないが……」

椿はきょとんとして答える。

直後、ハッとして彼の顔を二度見した。

「申請せずに来てるのか？」

「うん」

邦洋は気まずい顔で返事をする。

（ダメじゃないってのがせめてもの救いだな）

と思う。

本当にダメだったら係員に止められただろうが。

「事前に申請すれば、助言がもらえるのに」

と椿は言う。

「助言？　どんな瘴霊が出るとか？」

邦洋が聞くと彼女はうなずく。

「そうだ。だからあらかじめ備えることができる。それで高井戸くんに負けたのだから、大して意味がないように思えるかもしれないが」

椿はすこし恥ずかしそうな顔をする。

「そんなことないだろ」

邦洋は強めに否定した。

「危険度や相性をちゃんと調べた百草園はえらい。相性が悪い怪宮を単独で踏破できたんだから、すごいことだよ」

と話す。

「高井戸くんは結果がすべてという考えじゃないのか」

と椿は聞く。

「違うよ。それに結果って言えば百草園は相性が悪い怪宮を、個人で踏破するという結果を出してるぞ」

邦洋は即座に答える。

そして煉を見た。

「俺はいざとなったら頼れる式神がいるしな。同じ条件とは言えないだろ」

と言う。

「いや、頼りになる式神がいるのも、呪術師としての実力の証《あかし》だから」

椿は困った顔になる。

「まあその意識が、邦洋の美点じゃ」

と煉が口を開く。

「強大な式神を得て思いあがる愚か者もいるからのう」

「ああ、なるほど」

彼女の言葉に心当たりがあるらしく、椿は顔をしかめた。

「増長と縁がない者ほど、高みに行く。そなたは知っておるようじゃな」

と煉が言うと、

「わかっているつもりだ」

椿は慎重に答える。

「そなたも年の割に大したものじゃ」

煉は褒めてから邦洋をちらっと見た。

「主人殿は天然じゃろうからな」

と自分の感想を言う。

「天然でも立派に変わりないのでは？」

椿の言葉に煉はうなずく。

「それはそうじゃ」

「俺、褒められてる？」

邦洋が自分を指さして聞いた。

「褒めたつもりだが」

と椿が真顔で言ったので、彼は満足する。

「椿から学んでおるなら、よいではないか」

と煉は言う。

「学んでるつもりだけど、覚えきれるかな」

と邦洋は懸念を口にする。

「復習すれば覚えやすい」

と椿は助言をした。

「そうだな。家に帰ったらやってみるか」

と邦洋はうなずき、

「つき合ってくれるか？」

煉に聞く。

「もちろんじゃ。そなたが強くなるほど、妾もうれしい」

彼女はとてもきれいな顔で答える。

女性に免疫がすくない邦洋はもちろん、同性の椿までがドキリとするほど魅力的だった。

(まあ利害関係の一致だろうな)

と邦洋は考え、勘違いしてはいけないと思う。

予想以上に煉は親切で面倒見がいいのは事実だが。

「さすがに夜遅いとわたしは手伝えないが、朝練ならいけるぞ」

と椿は申し出る。

「それはありがたいけど」

邦洋は喜びかけて、すぐに問題に気づく。

「場所はどうする？」

人が増えると場所に困るということだ。

「場所をとらないやり方にするしかないな。復習なのだから、言葉のやりとりでもある程度は効果が見込めるだろう」

と椿は話す。

「まあぜいたくは言えないか」

邦洋は仕方ないと受け入れる。

「向上心があるのはよいことじゃ」

煉は満足そうにうなずいた。

「いや、ちょっと待ってくれ。生徒会か部活に入れば、場所は確保できるかもしれない」

と椿は考え込みながら言う。

「……部活か？」

邦洋は困惑する。

「呪術師がやる部活って何だろう？」

まったく想像ができず首をかしげる。

「普通の学園と変わらないと聞くぞ」

と椿は言う。

「そうなんだ」

呪術師に対して偏見を持っていたかも、と邦洋は反省する。

「部活勧誘は今日から十日間ある。明日の実習戦闘を終えたあと行っても、充分間に会うだろう」

「それはそうだな」

椿の言葉に彼はうなずいた。

同時に、

（もしかして百草園は部活やりたいのか？）

と思う。

そうでなければこんなに詳しくはないんじゃないか。

すくなくとも部活の勧誘期間までは把握していないに違いない。

「百草園はやりたい部活あるのか？」

上手な質問を思いつかず、邦洋は直接聞く。

「部活をやってみたいだけで、入りたい部があるわけじゃないぞ」

椿は照れ笑いを浮かべる。

「そっか」

意外だなと邦洋は思う。

彼女は真面目で常にはっきりと目的を持って行動しているように見えるからだ。

「あの、そのっ」

椿は不意に頬《ほお》を赤くして、彼に話しかける。

力んでしまい言葉が上手く出てこないようだ。

（どうしたんだ？）

突然の変化に邦洋は不思議に思うが、黙って彼女の言葉を待つ。

「よ、よかったら、わたしと一緒に回らないか？」

椿は何とか言い切った。

「部活をか？　いいぞ」

と邦洋は快諾する。

「そ、そうか、よかった」

椿は胸をなで下ろす。

(断る理由なんてないのに?)

邦洋は変に思ったが、声には出さなかった。

「じゃあ明日か? 明後日《あさって》にする?」

と椿は聞く。

彼女は予定を組みたがっていると察して、

「明後日はどうかな。実習戦闘の直後はしんどそうだ」

と彼は答える。

「そうだな! 明後日のほうがいいかもな!」

と椿はうれしそうに同意した。

「じゃあ張り切って怪宮を踏破しよう!」

そして彼女は元気よく前に進む。

「……何なんだ、一体?」

と邦洋がつぶやくと、

「この分野でも要修行じゃな」

と煉が薄く笑う。

ふたりは代々木怪宮を無事に踏破する。

「早い。個人でやるよりも二時間以上も早い」

地上に戻ってきた椿は感動していた。

「ふたりでやったからか、霊石が多いな」

と邦洋もまた戦果に驚く。

単に連携や対人戦の練習をする以外のメリットがありそうだ。

「それはよかった。単にあなたの時間を無駄に浪費しただけ、なんてことになったら申し訳がないから」

と椿は彼が満足したことに安心する。

「気にしすぎだろ」

邦洋は苦笑した。

「俺が知らないことをたくさん教えてくれるし、練習相手にもなってくれるし、どっちかと言うと俺のほうがもらいすぎじゃないか？」

と彼は懸念を口にする。

「謙虚だな」

と椿は感心した。

彼は困って煉を見る。

「そなたらで価値観が違うのじゃから、かみ合わぬのは当然じゃろう。お互い感謝の気持ちを抱き、よい関係を築けば問題あるまい」

「なるほど」

さすが経験が違うと邦洋は納得し喜ぶ。

「価値観の違う相手を尊重できるあたり、大したものよ」

と煉が目を細めて彼を褒める。

「同感だな。わたしも高井戸くんを見習いたい」

と椿は言う。

「うん？　百草園だって同じだろう？」

邦洋が首をかしげると、

「あなたほど抵抗がないわけじゃない。態度には出にくいようだが」

と彼女は苦笑する。

「そうなのか」

女子の表情をあまりじろじろ見るわけにはいかない。

邦洋は一応受け入れておく。

「明日だけど、朝練は何時にする？」

と椿は聞く。

「八時くらいでいいんじゃないかな」

邦洋が言うと、

「なぜ？　すこし遅くないか？」

と彼女は目を丸くして問い返す。

「実習戦闘に備えておきたい」

と邦洋は即答する。

「うん、たしかに実習戦闘のほうが重要か」

椿は考え込む。

「それに一回の朝練だけじゃ、劇的にはかわんないだろ？」

と彼は現実的な意見を口にする。

「それはそうだ」

椿は笑い、納得した。

「じゃあ明日は交換できる霊装を見たり、簡単な練習をするだけにしようか」

と彼女は話す。

「うん、賛成だ」

と彼が言うと、

「決まりだな」

と椿が笑顔で答える。

「じゃあわたしはこれで失礼する。また明日」

「また明日」

手を振ってきた彼女に手を振り返し、邦洋も帰宅した。

第九項「霊石の交換」

翌日、七時五十五分に学園の前に着くと、椿《つばき》はすでに来ていた。

邦洋《くにひろ》の気のせいか、彼女は視線を集めている。

（相当な美少女だもんな）

と彼は改めて思う。

和装が似合う黒髪美少女というイメージを、理想的に具現化すれば椿になる。

そう言われても多くの人は納得するだろう。

「やあ」

と椿が彼に気づいて笑顔で手を振る。

「おはよう」

と邦洋が答えると、

「煉《れん》殿は？」

彼女が小声で聞く。

「認識阻害術式を使って近くにいるよ」

と彼は同じく小声で返す。

「えっ？」

「あいつ誰？」

「何であんなやつが？」

すると驚きの声があがり、周囲の視線が邦洋に向く。

邦洋は外見的に突出したものがない。

だから周囲には不釣り合いに見えるのだろう。

「無礼なやつらだな」

さすがにひかえめだったが、椿は怒りがにじんだ声を出す。

邦洋を軽んじるような反応に気づいた結果だ。

彼としてはうれしいし、恥ずかしくもある。

（俺のために怒ってくれたんだもんな）

初めての体験だが、いいものだ。

だからこそ邦洋は椿をなだめる。

「俺ならいいから」

と彼が話しかけると、

「余計なお世話かもしれないが、不当な扱いについては抗議をしたほうがいいぞ」

と彼女は心配そうに言う。

「そうなんだが、冷静になってくれ」

と邦洋は苦笑する。

「いまの俺は蒼雛《そうすう》だろう？」

「あっ」

彼の指摘に椿はしまったという顔になった。

客観的に見れば、邦洋はまだ蒼雛の落ちこぼれである。

新入生代表で飛び切り容姿もいい椿と、釣り合いがとれていないと思われるのは無理もないことだった。

「コホン」

と椿は咳《せき》ばらいをして、

「わたしも同じような失敗をしたしな。これ以上言うのは慎もう」

自分を戒める。

過去の反省をしっかり活《い》かそうとしていた。

「真面目だな」

だが、彼女らしいと邦洋は思う。

まだ知り合ったばかりなのに不思議なほど違和感がない。

「とりあえず霊装の件についていいか？」

と邦洋も気を取り直して聞く。

「結局、霊装を見てから決めることにしたんだ」

と彼は言う。

周囲に耳目があるので、煉のことは伏せる。

「なるほどな」

椿もそれを察して、うなずくだけにとどめた。

「じゃあ霊装を見に行こう。ついてきてくれ」

と椿は言って彼を誘う。

昇降口を左に曲がってまっすぐ進んだ先にある事務室に来て、

「ここで霊石を交換してもらえるんだ」

と邦洋をふり返りながら彼女は話す。

「ここなんだ。意外だな」

と邦洋はつぶやく。

「そうかな？」

椿が首をかしげたので、

「霊装と言うからには、てっきり渡辺《わたなべ》先生みたいに戦える人が管理してるかと」

と邦洋は説明する。

「ああ、そういうことか」

椿は納得の笑みを浮かべた。

「霊装自体に危険はないからな。厳重に警備するほどの代物もないし」

そして声量を落として続きを言う。

「そっちが本当の理由じゃろうな」

人が周囲にいないからか、いままで黙っていた煉が口を開く。

「さすがに学生用に高性能の霊装があるとは思えん」

と彼女は話す。

「それはそうか」

邦洋は同意する。

「もしかしたら百草園《もぐさえん》くらいすごい生徒がいるかもしれないけど、その場合は自前でいいやつ持ってそうだし」

と彼が言うと、

「否定はできない」

椿は答える。

「俺にとっちゃありがたいけどね」

と邦洋は言う。

彼は呪術師用の霊装を持っていないし、個人で得るにはどこで調達すればいいのか知らない。

学園で交換できるのが絶好のチャンスだと考えられる。

「高井戸《たかいど》くんのような才能のためにあるのかも」

と椿は感想を言う。

「おそらくそうじゃな」

と煉も同意する。

「まあ中に入ってみよう」

と邦洋が会話を中断させた。

このあと授業があるのであまり時間を浪費するのはまずい。

椿もわかったので何も言わず、引き戸をノックしてから開ける。

「失礼します」

と声をかけると、四十くらいの女性職員が対応した。

「いらっしゃい。どんなご用？」

愛想よくふたりに聞く。

「集めた霊石を霊装と交換したくて来ました」

と邦洋が言う。

「あら！　あなたたち一年生よね！　すばらしいわ！」

女性は目を丸くしてかん高い声を出す。

よほど驚き、そして感心したのだろう。

「毎年ひとりくらいは来るんだけどね、この時期にふたりも来るなんて、初めてかもしれないわね！」

女性事務員はひとりでテンションをあげている。

彼女の背後には剣や槍《やり》、鎧《よろい》、弓、薙刀《なぎなた》、兜《かぶと》がきちんと配置されていて、ここが普通の学園じゃないのだと邦洋に改めて伝えていた。

「俺たちってレアなのか？」

邦洋は我に返ると小声で椿に聞く。

「初日から活動するのは珍しいと、渡辺先生もおっしゃってた」

彼女がそう言えばと答える。

「俺については選択の余地がなかっただけだがな」

と邦洋は笑う。

特別なことをやったという意識は彼にない。

むしろ「落ちこぼれ」から「普通」になるため、という気持ちだ。

「石の数はいくらなの？」

「百三十個です」

と邦洋が答える。

椿は案内役で、必要なのは彼だけだ。

「なるほどね。それで交換できるのはこの辺だね」

と職員は言って、小箱に入ったいくつかの品をカウンターの上に並べる。

「服、マント、アミュレットかな」

と邦洋が言うと、

「服は優先度低いと思うぞ。制服にも防護効果あるから」

と椿が横から口を出す。

「そうなんだ？」

邦洋は気づかなかったと目をみはる。

「わたしたちはこの服装で戦闘をこなすから、術式効果がなかったらすぐにボロボロになってしまうぞ」

椿が微笑《ほほえ》むと、

「言われてみればそのとおりだな」

と彼は納得する。

（道理でまだ新品同然なわけだ）

早いうちに知れてよかった。

「だとするとアミュレットあたりがいいのかな」

と邦洋は聞く。

「そうだな。防御術式の重ね掛け効果が期待できる。マントでもいいけど、使う機会はしばらくないだろう」

と椿は答えた。

「マント、使う機会ないのか？」

邦洋は質問を続ける。

「ないわけじゃないが、高井戸くんならいま急いで手に入れなくてもいいはずだ。霊石をもっと貯《た》めてより上位の霊装を狙えばいいのだから」

彼女の説明に彼はうなずいた。

「たしかにな。一日で百三十個集まったのだから一週間も怪宮《ダンジョン》にもぐれば、数百個集められそうだ」

いますぐ交換するほうが損するまであるかもしれない。

「ちょっと、ちょっと」

たまりかねたように女性事務員が口を挟む。

「本当はこんなこと言っちゃいけないんだろうけど、あなたたちいくら何でもハイペーススぎじゃない？」

と彼女は呆《あき》れた顔で言う。

「そうでしょうか？」

わからないと邦洋は首をかしげる。

「無理はしてないぞ」

と椿は即答した。

「ただ、高井戸くんのおかげで霊石の収集ペースがすごいので、知らない人からすれば無《む》茶《ちゃ》しているようにしか見えないかもしれない」

彼女はひと呼吸を置いてつけ加える。

「ペースって普通はどれくらいなんだ？」

と邦洋が言うと、

「さすがにそれは知らない」

椿は苦笑をまじえて返事した。

「そりゃそうか」

すっかり頼っているが、椿もまだ一年生だ。

他の生徒の平均など聞かれてもわからないのは当然だろう。

「一日十個くらいだと思うわ。一年生ならね」

彼らの会話を聞いていた女性職員がかわりに答える。

「もっとも正確なデータをとってるわけじゃないわ。先生がたの話から推測した数字だから」

ふたりの視線を浴びて女性職員は肩をすくめた。

「それでも傾向はつかめますね」

と邦洋が言う。

「本当に前向きだな。そのとおりだと思う」

椿は彼に感心し同意する。

「単純計算になるが、高井戸くんがいれば一年生平均の十倍くらい、霊石を集められることになるな」

彼女が言うと、

「だいたいそんなものか」

と邦洋が応じた。

（十倍はたしかにやばそうだ）

驚かれるのも納得だと邦洋は思う。

「いや、それおかしいから!?」

女性事務員がたまりかねて声を荒らげる。

どこか他人事《ひとごと》のように淡々としているふたりに、一言言いたくなってしまったのだ。

「はあ」

言われたところで邦洋には実感がうすい。

「慣れてしまいましたから」

と椿は苦笑する。

彼女は彼の規格外さを受け入れるだけの柔軟さがあった。

「この女の反応が普通だと思っておくがよい」

認識阻害術式を使ったまま、煉が口を出す。

邦洋にしか聞こえていないので、彼は小さくうなずく。

「すみません。何しろ一般家庭出身の蒼雛なので」

と邦洋が言う。

事情を明かして理解を求めたつもりだった。

「またまた、冗談を。黒虎《こくこ》なんでしょう？　ふたりとも」

女性職員は笑って受け流す。

どうやら突飛すぎて椿だけ黒虎だと信じてもらえないらしい。

「まあ、いいじゃないか。アミュレットを受け取れたら」

椿がやんわりと邦洋に制止をうながす。

「そうだな」

この女性に信じてもらう意味は特にないと邦洋も思う。

銀の鎖がついた白い石状のアミュレットを受け取って霊石を差し出す。

「はい、たしかに」

女性は慣れた手つきで百もの霊石を数える。

「速いな」

と邦洋が目を丸くすると、

「銀行員がお金数えるのと同じよ？」

女性事務員は大したことないと笑う。

（そうは言ってもすごいんだが）

専門職のすごみを感じた邦洋だった。

「ほら、授業がはじまるんだから戻って」

と女性事務員に言われ、彼らは踵《きびす》を返す。

「これは首からかければよさそうだな」

と言って邦洋は歩きながらかけてみる。

「アミュレットペンダントというやつだな。似合っている」

と椿が褒めた。

「ありがとう」

邦洋は礼を言って、

「一応隠しておくか」

シャツの中にペンダントを入れてしまう。

「まあ手の内を見せる必要はないしな」

と椿は理解を示す。

「百草園も何か隠してる？」

ニュアンス的に邦洋は疑問を持ったのだ。

「一応あなたにまだ見せてない手札ならあるよ」

彼女は意味ありげに笑う。

「それは頼もしいな」

と邦洋は笑う。

味方にとっては心強いというのは本心だ。

「じゃあわたしはこの辺で」

廊下を曲がったところで椿は立ち止まり、手を振る。

「ああ、そうだな」

黒虎はすぐそこで、蒼雛はもっと奥だ。

手を振り返して邦洋も自分の教室に向かう。

第十項「実習戦闘」

実習戦闘のため、三時間目が終わってすぐにバスで移動になった。

時間の節約を兼ねてバス内で飲食が許されたので、邦洋《くにひろ》は持ってきたパンを食べてペットボトルのお茶を流し込む。

クラスごとに分けられての移動なので、椿《つばき》とは別である。

そして彼女以外邦洋に話し相手はいないのだが、四十分足らずで目的地の実習場についた。

ドクロッツジ演習場と簡素な看板が出ている横をバスが通過する。

「なかなかの結界じゃ」

と認識阻害術式を使っている煉《れん》が、邦洋にしか聞こえないように言った。

生徒たちが降りて列を作って並ぶと、ひとりの筋骨たくましいジャージ姿の男性が前に立つ。

「戦闘教官の権藤《ごんどう》だ。これより実習戦闘をおこなう！」

顔も声も迫力があり、生徒たちの表情が一気に引き締まる。

「まずは奥を見ろ！」

と権藤に言われて、邦洋も視線を移す。

緑色のフェンスと黒い金属製と思われる頑丈そうな扉が映る。

「ひとりから三人でチームを作り、中に入って瘴霊と戦ってもらう。瘴霊の強さでポイントが違う。集めたポイントが多い順に成績が決まるってわけだ。簡単だろう？」

と権藤は有無を言わせぬ調子で説明する。

と邦洋は納得した。

（百草園《もぐさえん》が組もうって言った理由はこれか）

「五分やる。チームを作れ」

と権藤が言うと、すぐに生徒たちは動き出す。

最大三人まで組めるのだから、なるべく頼りになる相手と組みたいのはみんな同じということだ。

「さてどうなるか」

と邦洋はつぶやく。

彼が入試の成績で最下位なのは知られているのか、蒼雛《そうすう》のクラスメイトたちの誰も彼を見向きしない。

ひとりチームになるのは確定だろう。

まっすぐに彼の下にやってくる椿がいなければ。

「やあ、高井戸《たかいど》くん。予定どおり組もう」

「ああ」

右手をあげてさわやかなあいさつをする彼女と、短く答える邦洋。

「えっ⁉」

「ウソだろ⁉」

「百草園さんが⁉」

「あいつ誰だよ⁉」

「位置的にはたぶん蒼雛……蒼雛⁉」

たちまちあちこちから驚きの声があがる。

「ちょっと待って！」

と叫んだのは椿を追いかけて来ていた女子生徒だ。

「何でその男子と組むの⁉」

「わたしたちでいいじゃない！」

もうひとりの女子も椿を問いただす。

「これは揉《も》めそうじゃのう」

と煉は笑いをふくんだ声で言う。

彼女にとっては娯楽になるのかもしれない。

「彼、蒼雛でしょう⁉　百草園さんと釣り合わないんじゃないかしら？」

「いくら百草園さんでも相手を選ばないと、いい成績とれないわよ？」

ふたりは椿のことを心配しているようだ。

同時に邦洋に対するさげすみに近い感情を持っている。

「そう言われてもな」

椿はうんざりとした顔で、彼女たちを見返す。

「誰と組もうがわたしの自由だが」

と言った。

「そ、そうだけど」

「だまされてるんじゃない？」

女子たちはあきらめない。

それどころか邦洋に敵意のこもった冷たい視線を向けてくる。

「そうだよ、きっとだまされてるんだよ！」

女子たちの声を聞いた男子も同調した。

「女の敵」

「ああ見えて女たらしなのか」

と男子たちは好き放題言う。

おかげで邦洋を見る目がどんどん厳しくなる。

「なるほどのう」

と煉はにやっと笑う。

「他人から見ると椿は、悪い男に引っかかった女に見えるわけじゃな」

(そうなんだろうな)

と邦洋はため息をつく。

面倒なことに椿が否定するほど、おそらく周囲は誤解を加速させる。

「予定を変更して、俺はひとりでもいいよ」

と邦洋は言った。

「えっ?」

一番驚いたのはおそらく椿だろう。

「仕方あるまい」

と煉は消極的賛成と言ったところだ。

「いや、だが、しかし……」

椿は動揺をあらわにして食い下がる。

「勝負したほうがわかりやすいだろ」

と邦洋は周囲に聞こえるよう言って、にやりと笑う。

椿を負かして仲良くなったのと同じことをするという意味だ。

「……ああ、そうだな」

椿には無事に伝わったようで、ニコリとする。

「勝負？　蒼雛がかよ？」

「身の程を知りなさいよ」

明らかにバカにした男子、嘲笑する女子の反応を邦洋は他人事《ひとごと》のように感じた。

彼の現状を知らない人間なら当然なのだろう。

同時になぜこんなに余裕があるのかと自分を不思議に思う。

数日前の自分だったら悔しくて体を震わせていただろうに。

（ああ、そうか）

とすぐに彼は気づく。

彼は煉と式神契約を結び、鬼呪の力を扱えるようになった。

今さらバカにされるくらい大したことじゃないと思えるようになったのだ。

彼らの中でもトップクラスだろう椿には、すでに勝っている。

煉を式神として参戦させてもよいなら、同世代には負ける気がしない。

「いいだろう。どうせならみんなで勝負といかないか？」

と椿がニヤッとして提案する。

彼女が順番に見ていくと、誰も逆らえない空気が生まれた。

「いいんじゃない？」

「そうだな」

近くにいる黒虎《こくこ》の面子はみんな賛成に回る。

もとより邦洋に負けると思っていないのだろう。

「ルールは単純に今回の実習戦闘での順位で決めればいいな？」

と椿が言うと、全員がうなずく。

「じゃあ改めて組もう！」

彼らは相談しはじめる。

それを見て椿は一瞬だが不快そうな表情になった。

「そなたはひとりなのに、他の連中は徒党を組む。不公平きわまりないのに、そのことに気づいておらぬようじゃな」

黙って見ていた煉も呆《あき》れたようだった。

(俺も同じこと思った)

と正直邦洋も共感する。

喧騒《けんそう》が一段落したタイミングを見て、

「そろそろ時間だな。チームができたらメンバーを申告していけ」

と指示を出す。

「じゃあわたしたちから」

椿は女子ふたりと組むことにしたらしく、前のほうで申告する。

そして彼女たちは白い腕時計のような機器を受け取り、手首につけた。

邦洋は最後まで待ったところで、

「煉」

と式神の名を呼ぶ。

「妾の出番か？」

煉は楽しそうに笑いながら認識阻害術式を解除する。

「な、何だ？」

「誰だ？」

「いきなり現れたぞ⁉」

すでに存在を知っている椿、および教師をのぞいた面子が煉を見て驚愕《きょうがく》する。

「ああ、話にあった式神だな」

と権藤は言う。

「認められますか？」

と邦洋が聞く。

「正規に式神登録してあるのだから問題ない」

それが権藤、そして学園側の判断だった。

「それなら仲間はいらぬのう」

と煉が不敵に微笑《ほほえ》む。

「おい」

邦洋はさすがにたしなめた。

椿以外にいい印象を抱いてない彼だが、自発的に火種をばらまくことはない。

幸い聞こえたのは数人だけだったらしい。

それでもその数人は煉に刺すような視線を向ける。

「力には力を。無礼には無礼を。鬼の流儀じゃ」

と煉は告げた。

「俺と契約した以上、人間の流儀も考慮してほしいものだが」

と邦洋は言う。

「そのとおりじゃ。すまなかった」

煉は素直に謝り、権藤をはじめ教師たちが虚を突かれた顔になる。

「鬼が謝っただと……」

「し、信じらんない」

「鬼が人間と共存できるなんて」

「制御できていると渡辺《わたなべ》先生はおっしゃっていたな」

「正直半信半疑だったが」

教師たちの衝撃は大きかったらしく、珍しく私語が飛び交う。

すこし経《た》ってから渡辺が大きく咳《せき》ばらいをする。

それにハッとなった権藤が、

「お前も機器をつけろ」

と指示を出す。

言われたとおり邦洋が左手首に装着すると、

「こいつで倒した瘴霊をカウントする。実習戦闘じゃ霊石を落とさない仕様だしな」

と権藤のそばにきた渡辺が説明する。

「わかりました」

「ほう」

煉は興味深そうに機器を見た。

「では黒虎から順に実習場の中に入っていけ」

と権藤が生徒たちに命じる。

「先に入った者が有利では？」

と煉が疑問を言う。

「中にいるのは人工瘴霊だ。全員が配置につかないと出現しない」

と渡辺が説明した。

「そうじゃったか」

と煉は納得する。

最後に邦洋と彼女が門をくぐると、鈍い音とともに閉ざされた。

壁や木といった障害物が多数配置されていて、全員の現在地を肉眼で把握できない。

邦洋から後ろ姿が見えたのは十人ほどだ。

「百二十人を同時に入れるだけの広さはあるわけか」

当たり前だが、と煉は確認する。

「探知術式があれば便利そうだな」

と邦洋は返事した。

【それでは一年生第一次実習戦闘を開始します】

女性のアナウンスが響き、サイレンが鳴らされる。

試験のスタートだ。

「さて、どうする？」

と煉が聞く。

「探知術式、練習してないからな」

と邦洋は残念がる。

探知術式が得意なのは椿で、ふたりでチームを組むなら邦洋が昨日今日で覚える理由はなかった。

「百草園がいるからって考えが裏目に……ってわけでもないよな」

と邦洋は式神を見る。

「頼んでいいか、煉」

「任された。探知術式程度、いまでも使える」

彼の頼みを煉は快諾した。

【鬼呪顕現：天網恢恢《てんもうかいかい》】

彼女の術式は実習場全体に及ぶ。

「いま出ておる瘴霊の数は二百五十というところか。追加されるのかどうかまではわからぬが」

と彼女は言う。

「近くの個体から狙っていこう」

と邦洋は判断する。

「ならこちらじゃな」

と煉が指をさしながら前に出たので、彼はあとを追う。

迷路のように入り組んだ先でカエル型の瘴霊が出現する。

「人間はカエルが好きなのか？」

と煉が聞く。

「さあ？　作りやすいとかあるのかな」

邦洋は首をかしげて予想を口にする。

【鬼呪顕現：陽華】

そしてすっかり使い慣れた業火の玉を放って一撃で倒す。

渡された腕時計が震えて「2ポイント」と表記される。

「いまの瘴霊で二点らしい」

と邦洋が言うと、

「ふむ、獲物の種類によってとれる点数が異なるか」

煉は納得したようだった。

「煉の術式で瘴霊の種類はわかるか？」

と彼は聞く。

「難しいのう」

煉は首を横に振る。

「あまりにも霊力が大きい個体なら識別できるのじゃが、そうならぬよう工夫をほどこしてありそうじゃ」

と彼女は話す。

「そうなのか」

と邦洋が言うと、

「よほど精密に調べられる術式の持ち主でもないかぎり、有利をとれぬようにという運営側の工夫やもしれぬ」

と煉は推測する。

「まあ霊力が大きいほど点が高いと、ちょっとわかりやすいか」

と言いながら邦洋は驚く。

「一年のときから本格的なんだな」

探知術式対策もしているとは彼は思っていなかったのだ。

「椿がいれば解説してくれたかものう」

と煉が言う。

彼女なりに椿が同行できないことを残念がっているのかもしれない。

「勝負だしペースアップしたほうがいいかな」

と邦洋が張り切ると、

「そうでもないぞ？」

と煉は笑う。

「どういうことだ？」

邦洋が困惑すると、

「ほとんどの者はそなたと違い、一撃で瘴霊を倒せんからのう」

と煉は話す。

「そうなのか？」

黒東《こくとう》はエリート校なのにと邦洋は目を丸くする。

「素質はあってもまだヒナと言ったところじゃな」

と彼女は語った。

（あくまで煉基準だろうな）

と邦洋は解釈する。

「余裕をかまして負けるのはバカバカしい。次の獲物を狙おう」

彼が言うと、

「了解じゃ」

煉は好ましそうに微笑む。

「では右から回り込むとよいぞ」

そして彼を案内する。

迷路のようになっている壁を右折して道なりに行くと、カエル型の瘴霊が出現した。

【鬼呪顕現：陽華】

さっきと同じ要領で撃破して、二点獲得する。

「誰が何点とっているのか、わかればいいんだけどな」

と邦洋は願望を言った。

「途中経過くらいは知らされるのではないか？」

煉が応じる。

「なかったらないなりに戦うしかないか」

と邦洋は言った。

ないものねだりをしても仕方がない。

「煉の術式がある俺が不利ってことはないだろうしな」

と彼は思うし、言葉に出す。

「いまでも椿よりは強いじゃろうしな。そなたの組は椿より強い者同士という構成じゃぞ？」

煉はそう言って笑う。

「油断しそうになるからやめてくれ」

と邦洋は苦笑する。

彼は自分がそこまですごいと思っていない。

「その意識こそそなたの武器じゃな」

と煉は安心する。

「そうかな？」

邦洋は首をひねりながら前進し、イヌ型の瘴霊と遭遇した。

「初めてだな」

と彼は言いながら鬼呪を発動させる。

【鬼呪顕現：陽華】

ドーベルマンによく似た外見の瘴霊は、一発避けたが残り三発が命中して消滅した。

「かわされたのは初めてだな」

と邦洋が言うと、

「強さが違うのだろう」

煉は考察を返す。

ほとんど同時に彼がつけているカウンターが振動し、「4ポイント」と表示される。

「いまの瘴霊は四点らしい」

と彼は伝えた。

「なるほどのう。それなりの強さを反映しておるのう。二倍強いかはわからぬが」

というが煉の答えだった。

「これで八点なら順調かな」

と邦洋は言って周囲を見回す。

「どうかしたか？」

煉が聞く。

「四点の瘴霊が配置される法則、何かないのかと思って」

と彼は答える。

「法則を読めれば四点の瘴霊を効率よく狙えるのう」

煉は彼の意図を察して肯定した。

「そうなんだ」

と邦洋が言うと、

「じゃが情報がすくないのではないか？」

彼女は首をかしげる。

「たしかに。まだ三体だけだな。ちょっと急ぎすぎたか」

邦洋はハッとし、頭をかいて反省した。

「いや、発想はよいと思うぞ」

彼女は首を横に振り、彼の狙いを褒める。

「じゃから情報を集めるために戦う、と考えたらどうじゃ？」

そして提案もおこなう。

「点を稼ぎつつ情報を集めるか。なるほど」

邦洋は納得して手を叩く。

「じゃあそれでいこうか」

「うむ」

彼らはうなずきあい、次なる行動を起こす。

第十一項「途中経過と異変」

「どうやら法則性はなさそうじゃな」

と煉《れん》は判断する。

「二点の瘴霊の付近に四点の瘴霊がいれば楽だったが、そんなに甘くないか」

というのが邦洋《くにひろ》の答えだ。

「それだと試験にはならぬという判断かもしれぬな」

「正論すぎる」

邦洋は苦笑する。

もともと本気で期待してたわけじゃないので、落胆もない。

それより大事なのは現在の得点だ。

「これで二十五点か」

トータルポイントを邦洋は確認する。

「順調じゃな」

と煉が言う。

「ほかのチーム、特に百草園《もぐさえん》のところがわかんないから、油断はできないぞ」

邦洋は切り返す。

「百草園は一対一で強いし、探知術式も使える。カバーできる仲間がいるなら強いんじゃないか？」

彼が分析を口にすると、

「そうじゃな。素直に考えるなら一騎打ちじゃろう」

煉は答える。

「伏兵とかいなかったらか」

と邦洋はうなずいて、すぐに苦笑した。

「俺が一番の伏兵みたいなもんだけどな」

おそらく椿《つばき》以外の生徒たちは、そう思うだろう。

【中間順位速報を発表します】

前触れもなくアナウンスが響く。

同時に何もなかった上空にスクリーンが出現する。

「これも術式か？」

ぎょっとしながら邦洋が聞く。

「うむ。結界型と射出型の組み合わせじゃな」

煉は答えたあと、

「高等術式の無駄遣いと言えそうじゃが」

と言って笑う。

「さすがすごい術式の使い手がいるんだな」

邦洋は単純に感心する。

五位、四位と下から順に表記されていく。

三位永福《えいふく》、松原《まつばら》、池上《いけがみ》チーム（黒虎《こくこ》）17ポイント。

二位百草園、長沼《ながぬま》、北野《きたの》チーム（黒虎）19ポイント。

一位高井戸《たかいど》チーム（蒼雛《そうすう》）：25ポイント。

「ええっ⁉」

「マジで⁉」

あちこちから驚きの声が響く。

椿をのぞく全員が一位の邦洋に仰天したのだ。

「ウソ、わたしたちが二位⁉」

「高井戸って、百草園さんが話しかけていた男子⁉」

椿と組んでいるふたりの女子、長沼と北野のふたりが信じられないと目を見開く。

「さすが高井戸くんだ。六点差とはな」

椿は生徒の中では唯一驚かず、感心している。

「……ごめんね、百草園さん」

「本当に彼がすごいって信じられなくて」

長沼と北野は自分たちの誤りを認め、彼女に詫《わ》びた。

「わかればいいんだ」

と椿は微笑《ほほえ》む。

「それに高井戸くんは気にしないように思う。何となくだが」

彼女は自信ありげに言う。

反響があったのは生徒たちだけじゃない。

教師たちもいろんな反応が生まれている。

「この段階で二十点超えか？」

「百草園たちは今年のトップ三人だ。それに六点差だと？」

「歴代最高得点じゃないか？　現時点ではだが」

「飛ばしすぎだ。霊力切れになって終わるだろう」

「三人チームならともかくひとりだからな」

「いや、式神は認めている。厳密にはひとりじゃない」

「それに式神は鬼なのだ。使いこなせるなら、これくらいはいけるということだろう」

「鬼を使いこなすとは、信じられん」

「前例がないんじゃないか？」

そんな中権藤《ごんどう》が渡辺《わたなべ》に話しかける。

「どう思う？　戦闘教官主任として」

「式神の鬼、何やら底知れぬ力を感じた。瘴霊の最高位と対峙《たいじ》したときの感覚に近い」

渡辺はすこし迷った末、本音を明かす。

「何だと？」

権藤は目を細め、声を低くする。

瘴霊の最高位はもちろん危険度もトップだ。

「そんな奴《やつ》が人間と契約することなど、あり得るのか？」

「俺もその点が疑問だったから、黙っていたんだ。お前以外に言うつもりもない」

と渡辺は学生時代からの戦友に話す。

「なるほど」

権藤は腑《ふ》に落ちたとうなずく。

「言わないほうがいいだろう。第一、俺以外信じるとは思えん」

「同感だ」

渡辺は同意する。

「上にはどこまで話した？」

「鬼の存在だけだ。さすがにそこは握りつぶせん」

と渡辺は返答した。

「上も様子見ということか？　何のリアクションもないとは」

権藤は不思議そうに問う。

鬼と式神契約をかわし、使役できる人間なら前例はあるからか。

鬼呪のことを渡辺は伝えていないせいかもしれない。

「まあ半信半疑なのだろう。ただの学生ができることなのかと」

と渡辺は言う。

何らかのからくりがありそうだと思うのは不思議じゃない。

「……上が楽観してるとは思わんな。何かあれば我々にすべてを押しつける気ではないか？」

「一番可能性が高そうだ」

渡辺は権藤の意見を肯定する。

上も使命感、責任感、正義感でできた人間ばかりじゃない。

「……試験のチェックに戻ろう」

考えても詮無《せんな》きことだと渡辺は判断する。

「そうだな」

権藤もひとまず支持をした。

教師たちの間でどんなやりとりがあるのか、もちろん邦洋たちは知らない。

「やはり順調だったな」

と煉は順位を見て満足する。

「まだ途中経過だから油断はできないけど、ホッとはしたな」

邦洋は答えた。

「意外と椿たちが頑張っているな」

と煉は評価する。

「六点差だとカエル三体分くらいか」

邦洋は言いながらあんまり差がついてないと感じた。

「妾も参加するか？　効率が二倍になるぞ？」

と煉が聞く。

「いいよ。最初くらい自分の力で頑張りたい」

邦洋は即座に断る。

「そうか」

煉はうれしそうに彼をチラッと見た。

「それに百草園たちには負けても力の証明はできてるだろ」

と彼は語る。

「ざわめきの多さ的にそのとおりじゃが、負けてもよいと？」

煉が笑みを消して問う。

「いや、それはない。負けてもいいとは思ってない」

と邦洋はきっぱり言った。

負けても大丈夫と、負けてもいいの間には差があるのだ。

すくなくとも彼の中では。

「ならばよし」

煉は満足する。

彼女の中でも何かこだわりがあったらしい。

彼らは契約して日が浅いので、こうやってすり合わせしていくのも重要だろう。

【では試験を再開します】

とアナウンスが響く。

「……思っていたけど、いつ終わるのか知らされないってわざとかな？」

と邦洋は言う。

「故意じゃろ。えげつないが狙いはわかる」

煉はにやりと笑って答える。

「狙い？　いつ終わるかわかんない戦いをやらせることか？」

と彼が言うと、

「そうじゃ」

煉は肯定した。

「そうなると、そなたはどうする？」

そして逆に聞き返す。

「タイミングを見て休むか、思い切って休むかする」

すこし考えて邦洋は答える。

「うむ。霊力の使い方、休み方をいやでも考えねばならぬ。そのような状況に追いやるのが目的じゃろうて」

と煉は話す。

「なるほどな」

邦洋は納得したあと、腕組みをする。

「だと俺が休んでる間、煉に戦ってもらうというのはよくないな」

と彼は言う。

「なぜじゃ？　それは立派な戦術じゃが？　個人戦ではないのだからな」

煉は驚きもせず、探るような目で聞く。

「それだと俺が成長できないだろ。一番楽なパターンだし」

と邦洋は答える。

「せっかく試験だし、鍛えられる部分は鍛えておいたほうが、長い目で見れば得になると思うんだよ」

「ふふっ！」

彼の真意を聞かされた煉は笑い出す。

「俺、何か変なことを言ったか？」

と邦洋は聞く。

「いや、とても立派じゃ。本当に力の貸し甲斐《がい》がある男よ」

煉はどことなく色気のある笑みを浮かべて彼を褒める。

「お、おう」

ドキッとしてしまった彼は、そっと目をそらす。

「まあこの調子を維持……うん？」

のほほんとした顔だった煉の表情が、突然けわしくなる。

「気をつけよ」

鋭く警告を発した直後、ズンと実習場全体が揺れ、周囲の景色がゆがむ。

「何だ、これ？」

邦洋は警戒してきょろきょろすると、不意に日差しが弱くなった。

驚いて見上げると、空にいくつもの亀裂が生まれている。

「空が割れた？」

「おそらく結界型の術式じゃ」

と煉も空を見上げて言った。

「結界型？　もしかして実習場全体に展開されているのか？」

他にも生徒たちの悲鳴や叫びが聞こえてくる。

「これも実習かな？」

と邦洋は楽天的なことを言いかけ、口をつぐむ。

煉の表情がけわしいままだからだ。

「結界型の術式ってどう対処すればいい？」

自力で解決するパターンを考慮し、邦洋は彼女に聞く。

「術式の使い手を殺すのが手っ取り早い」

と煉は即答する。

「基点を設置して内部に術式を展開する種類もあるが、今回はどうなのかまだわからん」

「そうか」

彼女の説明に邦洋は考え込む。

「そもそも何が狙いなんだ？」

と彼が顔をあげてつぶやいたとき、ふたたび空間がゆがんで黒い霧が流れてくる。

「キャーッ」

直後、女子の悲鳴が聞こえる。

それだけじゃない。

怒号や戦闘音も聞こえはじめた。

「いかんな。瘴霊の気配が一気に増えておる」

煉が不穏なことを言う。

「もしかしてトラブルか？」

邦洋も一気に緊張を高める。

「おそらくは」

と言った煉は彼を見た。

「助けに行くのか？」

「当たり前だろう」

彼女の疑問に邦洋は即答する。

「何でそんなこと聞くんだ？」

と彼は逆に聞く。

「あやつらはそなたをバカにしてた奴らじゃぞ？　助ける価値はあるのか？」

煉は問う。

「まずは助けて、それから考える」

と邦洋はきっぱりと答えた。

「それじゃ悪いのか？」

「いや、そなたらしいのう」

煉は琴線に触れたのか、楽しそうに笑う。

【鬼呪顕現：天網恢恢】

そして彼女は術式を使って、情報を集める。

「近くから行くか？　それとも遠くからか？」

と煉が聞く。

「近くからだな」

邦洋は即答する。

「こっちだ」

煉の先導で彼は走り出す。

焦燥感は一向に減らない。

「気のせいか？　戦闘音が減っているのは？」

彼は走りながら言う。

「気のせいではない。ほんのすこしで半減した。呪術師のひよっこでは太刀打《たちう》ちできん強さなんじゃろう」

煉は淡々と答える。

鬼だからか、こういう局面では冷淡でさえあった。

「いたぞ」

と煉が言った先には、女子生徒六人と男子生徒三人が、大型のヘビ型の瘴霊につかまっていた。

「うっ」

「くう……」

意識があるのは男女三人で、残り六人は気絶している。

「ヘビの瘴霊か」

「妙じゃな」

戦闘態勢になった邦洋に対し、煉は怪訝《けげん》な顔をした。

「何がだ？」

と邦洋が聞くと、

「やつらは下級の瘴霊。術式を使う能などあるはずがない」

彼女は断言する。

「手下か兵隊のたぐいってことか」

「うむ。黒幕が送ったただの駒と見てよかろう」

「マジかよ！」

驚きながらも彼は術式を発動し、

【鬼呪顕現：陽華】

業火の火の玉をヘビ型瘴霊の頭部に集中して当てる。

ヘビと言うよりは牛のような悲鳴をあげ、ヘビ型瘴霊は消滅して捕まっていた生徒たちは解放された。

「大丈夫か？」

邦洋は駆け寄る。

「あ、ありがとう」

地面に放り出されたひとりの男子生徒が生気のない顔で言った。

ぐったり倒れている女子たちに近寄るかどうか、彼はとっさに迷う。

「瘴霊を倒すのを優先するのじゃろ？」

「ああ！」

煉の一言で邦洋は集中を取り戻す。

治癒の術式を覚えていないというのも一助になった。

次もやはりヘビ型の瘴霊で、五人が捕まっている。

【鬼呪顕現：陽華】

同じ要領で五人を救出した。

「陽華の練習をしておいてよかったな」

と邦洋はつぶやく。

さんざん練習したおかげで捕まっている人を避けて当てるという芸当が苦にならない。

「何が幸いとなるかわからぬのう」

「ありがとう」

意識がある生徒が彼らに礼を言う。

「何が狙いなんだと思う？」

と邦洋は駆け出しながら、煉に聞く。

「殺された者がいないところを見ると、弱らせてさらうのかもしれんのう」

彼女は予想を答える。

「さらってどうする？」

邦洋がさらに問いかけた。

「さてのう」

煉はとぼける。

「黒幕に聞くしかあるまいて。呪術師のタマゴたちの用途はそれなりにあるのでな」

と彼女が言うと、邦洋の顔が嫌悪でゆがむ。

「ろくでもない未来しかなさそうだな」

「瘴霊につかまるということはそういうことじゃぞ」

彼の言葉に煉は同意する。

「全員助けたいな」

邦洋は若干あせった。

実習場は広く、同学年の生徒たちの数は多い。

急がないと助け漏れが出るんじゃないかと思ってしまうのだ。

「あせるな、そして欲張るな」

と煉は忠告する。

「……ああ、そうだな」

邦洋はうなずく。

彼女の存在は実にありがたい。

「でもひとりでも多く助けたい！」

と彼は気合いを入れる。

何組か生徒たちを助けたところで、

「あちらからは戦闘音が聞こえるのう。頑張っているようじゃ」

と煉が言う。

「よし、急ごう」

と邦洋は決断する。

彼が駆けつけた先には六人の男子たちがいた。

彼らはお互いに背をあずけあう形で円陣を組んでいる。

「あれなら前、上、下の三方向に敵を絞れるのう」

と煉が感心した。

「頭いいな」

邦洋も素直に同意する。

トリ型の瘴霊が三体、ヘビ型の瘴霊が三体、彼らを取り囲んでいた。

「俺が攻撃して包囲を崩そう」

と邦洋はあえて声に出す。
【鬼呪顕現：陽華】
業火の火の玉を四つ生み出し、ヘビ型の瘴霊を二体同時に撃破する。
「おお！」
「すげえぇ！」
包囲されていた男子たちから歓声が起こった。
しかし、彼らはだからと言って隙を見せたりはしない。
【術式発動：風の渦】
術式で風を発生させて守りを展開し、
【術式発動：水の刃《やいば》】
またある生徒は水の刃を放って敵をけん制している。
「しまったな。まずは上から狙うべきだったか」
と邦洋は舌打ちした。
トリ型の瘴霊が上を飛んで注意を散らしてくるので、ヘビ型に攻勢をかけられない。
それが現状らしかった。
【鬼呪顕現：白虹円】

距離と威力の両方を考慮して、邦洋は使う術式を切り替える。

白い炎の弾丸が高速で撃ち出され、トリ型瘴霊三体を一気に燃やす。

「す、すげえ！」

と男子生徒が感嘆の声をあげる。

「いや、いまだ！」

ひとりの男子が号令をかけてヘビ型瘴霊に襲い掛かる。

「あっ」

接近戦だと邦洋が援護するのは難しい。

そう思って声を出したのだが、杞憂《きゆう》だったらしく彼らは手傷を負いながら勝つ。

「勝った」

安堵《あんど》してる生徒もいる中、ひとりの男子が邦洋のところにやってくる。

「おかげで助かったよ。危ないところをありがとう。俺は永福という」

永福と名乗った男子は手を差し出して、握手を求めてきた。

茶髪を短く切りそろえたさわやかな男子である。

「俺は高井戸だ」

握手に応じながら邦洋は名乗り返す。

女の子にモテそうだなと思いながら。

「お前が一位の高井戸か！　やっぱりな」

永福はちょっと目を見開いたあと、納得した顔でうなずく。

「高井戸だって？」

「百草園たちを抑えて一位になったやつか！」

「なるほど！　メチャクチャ強かったもんな！」

「学園の査定がおかしいんじゃないか？」

男子生徒はすんなりと現状を受け入れる。

それどころか学園批判まではじめそうだった。

「いや……」

邦洋はまず否定しようとする。

試験されたとき、たしかに彼は落ちこぼれだったので、学園側のミスじゃない。

だが、それよりも先にやることがあった。

「とりあえず俺は他のみんなの様子を見に行くよ」

と彼は話しかける。

「そうだな、まだ戦っていたり、助けが必要とする仲間がいるかもしれない」

と永福はうなずく。

「俺らも休憩してから行かなきゃな」

と別の男子が言う。

「俺は松原、池上たちと行動するよ。高井戸はひとりで行くのか？」

永福が邦洋に聞く。

「そのつもりだ」

邦洋は言ってから、ちらりと煉を見る。

「頼りになる式神もいるから」

「任せろ」

煉は不敵に笑う。

「そうか」

永福は微笑む。

彼らの信頼関係を感じ取ったのだろう。

そして黒いポーチから白い液体が入ったビンを二本取り出し、

「よかったら使ってくれ。霊力回復ポーションだ」

と言って邦洋に差し出す。

「ありがとう」

彼は喜んで受け取る。

そろそろ休む必要があったところだ。

一本飲むだけで体内から活力がわいてくる。

「ふむ。一本で半分は回復したようじゃな」

と煉が言う。

「ああ、おかげで煉をまだ温存できそうだ」

と邦洋は答える。

自分が回復する間、煉に戦ってもらうつもりだったのが、いい意味で計算がズレた。

「本当は俺たちも加勢したいんだが、分かれたほうがよさそうだからな」

と永福が心苦しそうに言う。

「ああ、俺が来た方向に倒れてる人たちがいるから、保護してほしい」

と邦洋は言う。

「わかった。俺たちも二手に分かれよう」

永福は即決する。

「じゃあまたあとで会おう」

と邦洋が言うと、

「ああ！」

彼は元気に返事をした。

第十二項「渡り鬼」

「邦洋《くにひろ》、気づいておるか？」

と不意に煉《れん》が聞く。

「ああ、何かやばい気配が濃くなってきてる」

と邦洋が答える。

同時にまだ戦闘音が聞こえもした。

「鍛錬を真面目にやったおかげじゃな。感覚が開きはじめておる」

と煉が評価する。

「なるほど」

邦洋はすこし驚いたものの、すんなりと納得する。

彼らが出たのは障害物などがない開けた場所で、そこには刀を抜いた椿《つばき》がいた。

彼女の背後にはふたりの女子が倒れていて、かばっているのだろうと見当がつく。

椿が向かい合っているのは、黒い霧を全身にまとった異形だ。

赤い顔に赤い角、赤い皮膚、金色の瞳。

だらしなく開いた口からはやはり黒い霧が漏れている。

「煉、あいつも鬼か？」

と邦洋が角を見ながら聞く。

「うむ」

と煉がいやそうな顔をしながらうなずいた。

「ほう？」

異形は煉を見て意外そうな声を漏らす。

低いしわがれた重厚感のある声だ。

「よもやこんなところで同種と遭うとはわからぬものよ」

金の瞳が煉をとらえる。

「下郎。貴様と一緒にするな」

と煉が顔をしかめた。

理由はわからないが、一方的に嫌悪感を抱いているらしい。

「くかかか、言うてくれるわ、小娘」

と鬼は笑う。

どうやら煉のことを見下しているようだと邦洋は感じる。

「そなたが今回の黒幕か？」

と煉が聞く。

「しかり。人間どもを術式で閉じ込め、下等生物どもを呼ぶなど、そこらの雑兵《ぞうひょう》にできるはずがなかろう？」

異形は自慢するように言う。

「気をつけろ、高井戸《たかいど》くん。人工瘴霊とは強さの桁《けた》が違う」

と椿が邦洋に警告する。

「その割には戦えるみたいだけど」

と邦洋が疑問を口にすると、

「わたしは遊ばれているだけだ」

椿は悔しそうに答えた。

いまにも泣き出しそうに見えるのは、きっと邦洋の気のせいじゃないだろう。

「くかかか、生きた人間の霊力は美味《うま》いからのう」

と異形はいやらしく笑う。

「煉？」

と邦洋は聞く。

「鬼は基本霊力を糧とする。妾もそうじゃろう」

と煉は答えた。

「そう言えばそうだったな」

邦洋はキスされたことを思い出す。

「くかか、男はまた違った味があってよいからのう」

と異形は笑う。

邦洋たちのことを明らかに脅威とみなしてない。

「高井戸くん」

と椿が不安そうに呼びかける。

「先生たちは？」

と邦洋が聞く。

「見当たらなかった。おそらく結界の外に隔離されているんだと思う」

と椿は答える。

「手練《てだ》れもいたのにまだ壊せないとなると、その鬼を倒すしか方法はないと考えてよさそうじゃのう」

と煉が言う。

「そのとおり。ワシの『鬼呪』だからのう」

と鬼は笑う。

「結界タイプの『鬼呪』か」

邦洋が顔をしかめる。

鬼である以上、敵も『鬼呪』を使うのは自然なことだ。

「一応圧倒的な出力で力ずくで破壊する手もあるのじゃが……」

と煉は言う。

「くかかか。それができる術師が近くにおらぬのは把握済みよ」

と鬼は笑う。

「くっ」

椿は悔しそうに唇をかむ。

「意外とせこいなと思うのは俺だけなのか」

と邦洋は疑問を持つ。

一年生だけを狙ったりしているのは用意周到なのだろう。

だが、一方で強敵を避けて弱者だけ狙った小物、という考えも生まれる。

「なっ!?」

椿は彼の感想に驚く。

明らかに追い詰められている人間が言うことじゃない。

「くかかか！」

鬼は怒らず笑い出す。

「なかなか肝が太い男よ！」

と褒める余裕まである。

「匹夫《ひっぷ》の勇《ゆう》かどうか試してくれようぞ！」

と言って吠《ほ》えた。

「気をつけろ。ヤツは空間を移動するような、不思議な術式を使う」

と椿が忠告する。

「結界を使うことから予想はしておったが、【渡り鬼】なのじゃろうな」

と煉が舌打ちした。

「くかかか！　同種だけあって察しはよいか！」

鬼は自信たっぷりに笑う。

「おぬしならワシにも対抗できるかもしれんのう！」

と煉を見る。

「必要はあるまい」

煉は挑発的な笑みを返す。

「妾の主人殿が貴様を倒す」

と言い放つ。

敵だからか、言葉づかいが若干変わっている。

「くかかか！　この啓蟄《けいちつ》を人の子風情《ふぜい》が倒すというのか！」

啓蟄は怒らなかったが、馬鹿にした表情で笑う。

「同種かと思いきや、人の子風情に使われるとはさてはおぬしは劣等種だな？　ならば遠慮は無用、ワシの糧となれい！」

と咆哮《ほうこう》する。

その間、煉は倒れている女子生徒の様子を見て、簡単にだが治癒術式を使う。

「治癒術式、使えたのだな」

と椿が思い出す。

「気休め程度にはな。人の専門家にはとうてい及ばん」

と煉は答える。

「この娘たちは妾が見よう。そなたは安心して戦うがよい」

彼女の言葉に邦洋はうなずく。

「百草園《もぐさえん》はひと息入れて、その後手伝ってくれるか」

と彼は話しかける。

「かまわないが……わたしじゃ足手まといだと思うぞ」

椿は態度こそ平常だが吞《の》まれかけているようだった。

「仲間ふたりをかばいながら戦えていたんだろ？　自信を持てよ」

たとえ相手が本気じゃなくても、と邦洋はあえて言わない。

「そうだな」

椿はふっと微笑《ほほえ》む。

邦洋と煉が一緒なら戦えるかもしれないと、彼女は素直に思った。

「くかかか！　よいのう！」

と啓蟄はうれしそうに笑う。

「そんなおぬしらの心が絶望で折れれば、ワシにとってよい糧となる。無類の馳走《ちそう》だて！」

この言葉で邦洋と椿は、なぜ啓蟄が手を出さず彼らのやりとりを見ていたのかを察する。

単に彼らを倒してもあまり意味がない。

心がへし折れることで、鬼にとって極上のごちそうに変わるというわけだ。

「趣味が悪いな」

邦洋は高ぶる気持ちをなだめるために、軽口を叩《たた》く。

「鬼だからな。煉殿が例外と考えるべきだろう」

と椿が応じる。

「否定はできんのう」

煉がにやりと笑う。

「くかか！　まずは人間の男！　次に同種！　最後に人間の娘たちを食ってやろうぞ！

今日は馳走ばかりじゃ！」

啓蟄はすでに勝ったつもりでいるらしく、上機嫌に叫ぶ。

【鬼呪顕現：霧隠れ】

同時に『鬼呪』を発動させ、全身を霧で包む。

「気をつけろ！　こうやって空間に隠れて奇襲してくるんだ！」

と椿が叫ぶ。

「なるほど」

邦洋は理解する。

椿は探知系の術式を使えるため、奇襲に対応できたのだろう。

啓蟄が本気を出していなかった可能性もあるが。

「了解」

と邦洋は答え、

【鬼呪顕現：陽炎】

自分も術式を発動させる。

「なにぃッ⁉」

陽炎の効果はてきめんで、啓蟄は邦洋を見失って混乱し、見当はずれのところを攻撃して立ちすくむ。

邦洋は啓蟄の背後に回り込み、

【鬼呪顕現：陽華】

三メートルほどの距離から業火の玉を五発叩き込んだ。

「ぐがっ！」

啓蟄は苦悶《くもん》の声を漏らしつつよろめく。

それでもさすがに一度の術式攻撃で倒せるほど甘くはなかった。

「ちょこざいな！」

怒りながら太い腕力をふり回す。

邦洋は後方にジャンプして回避し、

【鬼呪顕現：陽炎】

再び術式を発動させてかく乱する。

「うぬっ、まるで我らの鬼呪のような、変わった術式を使いおって……」

啓蟄はいまいましそうに舌打ちをした。

さすがに情報が足りないのか、邦洋はまさに鬼呪を使っているのだと気づいていないらしい。

【鬼呪顕現：霧牙霧柱《むがむちゅう》】

啓蟄が使った新しい術式は、黒い霧を無数の牙へと変化させ、柱が乱立するように周囲に無差別攻撃するものだった。

煉がとっさに倒れている女子ふたりを抱え、椿は自力で回避する。

邦洋は上に跳躍して回避して、

【鬼呪顕現：陽華】

術式で反撃する。

陽炎の効果は切れてしまったが、陽華はすべて啓蟄の顔面に命中した。

「ぐっ」

苦悶の声をあげて啓蟄は後ろによろめいたので、

【鬼呪顕現：白虹円】

邦洋は連続攻撃で畳みかける。

撃ち出された白い炎はやはりすべて啓蟄の顔面に炸裂《さくれつ》した。

「ぐおお」

啓蟄の声が悲鳴に変わり、まとっていた霧がはがれていく。

「いまのところは安心じゃな」

と煉が言う。

この言い方で邦洋はまだ勝ってないと気を引き締める。

「すごい。すこしの間に相当強くなってる」

と椿は感嘆した。

彼女から見ておそろしい成長速度であり、いまは最高に頼もしい。

「おのれ……人間が」

と吠える啓蟄から余裕が消えた。

術式を何度も一方的に被弾する展開が続いたからだろう。

啓蟄は両手を組んで霊力を集中させる。

そして両肩にふたつの火砲《かほう》がついた黒い鎧《よろい》を発現させた。

【鬼呪顕現：黒鎧双砲《こくがいついほう》】

「いかんな、椿」

と煉が鋭く警告を放つ。

「ああ」

椿は術式で身体能力を強化し、倒れている少女を抱えてさらに遠くに避難する。

啓蟄は彼女たちじゃなく邦洋を狙う。

【鬼呪顕現：霧牙無柱弾】

邦洋は反射的に霊力で体を守る「タイ」を選択する。

「くっ」

痛みはあるものの、大きなダメージは受けずにすむ。

（やっててよかった、タイの練習）

数日しかやってないのでどうかと思ったが、少なくとも啓蟄相手なら通用した。

「ナニイッ!?」

啓蟄は再び驚愕《きょうがく》した。

「人間風情が、ワシの攻撃を!?」

驚いている間がチャンスだと邦洋は判断し、

【鬼呪顕現：陽華】

陽華を正面から放つ。

「チッ」

啓蟄は舌打ちしながら攻撃を回避する。

（うん？　鎧をまとったのに避けた？）

と邦洋は違和感を抱く。

陽華は相手の攻勢を寸断するための牽制《けんせい》のつもりだったのに、思いがけない効果を表した。

見た目は頑丈そうなのに、防御力は期待できないのだろうか。

【鬼呪顕現：霧牙霧柱弾】

再び啓蟄は術式を放ってきたので、邦洋は今度は左に大きく跳躍してかわす。

（変だな。隠れる系の術式を使ってこない）

と邦洋は怪訝《けげん》に思う。

姿を隠しながら攻撃術式を乱射されれば、苦戦は確実だ。

少なくとも煉に加勢を頼まなければならない。

さっきまでは余裕があったが、いまの啓蟄からは殺気しか感じないのになぜ使ってこないのか。

(まさか俺が複数の術式を同時に使えないみたいに……?)

邦洋は啓蟄も自分と同じなのではとひらめく。

苦労しているからこそ思いついたのだが、一応説明できる気がする。

(あるいは結界の維持に力を使っているからか?)

単純に複数の術式を使えないと考えるより、強大な術式を維持するのにリソースを食われている、と思うほうが納得しやすかった。

【鬼呪顕現:陽炎】

邦洋はさっきの反省をいかし、今度は陽炎で姿を隠す。

「チッ」

啓蟄は見失ったことで舌打ちし、

「まとめてくらえ!」

息を吸い込み、霊力を筒に集約しはじめた。
(ヤバイ)
と邦洋は直感する。

使わせるわけにはいかない。

陽炎を見切られていない点を突き、正面から接近する。

【鬼呪顕現】

「そこだっ！」

【鬼呪顕現：霧牙霧柱乱弾】

邦洋が術式を発動させようとした瞬間、啓蟄は彼がいるところを目掛けて攻撃術式を撃ちこむ。

「⁉」

邦洋は反射的にすべての霊力を守りに回す。

二十近くの霧の牙が全身に刺さる。

「くう……」

邦洋は苦痛とともに体を吹き飛ばされた。

「まずい！」

椿があせり、意識を取り戻した女子たちが彼の体が地面に転がる瞬間を目撃し、短く悲鳴をあげる。

「危なかった」

と言いながら邦洋はすぐに立ち上がった。

タイの練習を真面目にやっていなければ、あるいは致命傷を受けていたかもしれない。

「なんてやつだ……まさか人の子風情にこんなやつが」

啓蟄が驚愕する。

ようやく邦洋のことを認める気になったのか、怒りやあせりがどこかへ消えていた。

(さて、どうするかな?)

邦洋は表面上すまし顔をよそおいつつ、内心思案していた。

陽炎を使えば彼の攻撃は命中するのだが、大きなダメージを与えるまではいかないように思える。

啓蟄がまとう鎧は実のところ、ダメージを軽減する程度の効果はありそうだ。

(あるいは単純にタフなのか、俺の攻撃力がイマイチなのか)

いずれにせよ啓蟄に大ダメージを与えるためには、新しい一手が必要だと感じる。

ちらりと煉を見ると、彼女は落ち着いていて見守る様子だ。

それが薄情だと邦洋は思わない。

(意外と面倒見がいいやつだからな……加勢する必要を感じていないって態度そのものが、俺へのヒントなんじゃないか?)

と彼は推測する。

ならば何ができるのか。

まだ自分は何をやっていないのか。

邦洋の脳は高速で動く。

（そうだ。攻撃術式を一点集中させる、あるいは凝縮させるのはやってみる価値があるかもしれない）

タイは煉から教わったし、椿も収束という技巧について話していた。

それを応用すれば守りの薄い箇所に攻撃を一点集中させることができるんじゃないだろうか。

「だが、貴様を喰《く》らえばワシは高みにいけよう」

啓蟄は再びニタリと笑う。

理知的になったかと思いきや、抑えきれない本能が漏れている。

（まあ俺にはありがたいが）

と邦洋は思う。

冷静かつ慎重に対応されると、実戦経験の少ない彼に不利になる。

【鬼呪顕現：陽炎】

啓蟄に有効だとわかっている目くらましの術式を使う。

「ぬう……」

とたんに啓蟄は忌々《いまいま》しくうなる。

先ほどの反省から、攻撃をしようとして一瞬止まった。

「そこだ！」

啓蟄は予想通り、彼がいるところへ黒い霧を放つ。

今度は綺麗《きれい》にかわした邦洋は触れ合えそうな距離まであえて近づき、

【鬼呪顕現：白虹円】

啓蟄の口を狙って凝縮した白炎の弾を集中的に当てる。

「がっ⁉」

狙いが当たったのか、白炎は啓蟄の口の中に入って炸裂した。

啓蟄がまとっていた黒い鎧が霧散し、体が崩れ落ちる。

だが、直後、黒い光線が放たれて彼の右肩に突き刺さった。

「ぐうぅ……」

邦洋はハンマーで叩かれたような衝撃と、火傷《やけど》のような痛みに襲われる。

「強い……鬼って、瘴霊ってこんなに強いのかよ？」

初めて彼の心が揺れ、あこがれの呪術師の背中の大きさを実感した。

（いや、弱気になるな！　俺だって、誰かを守れるようになりたいんだ！）

ボロボロになりながらも戦意を消さず、態勢を立て直そうとしている啓蟄を睨《にら》む。

残っている霊力を振り絞り、

【鬼呪顕現：白虹円】

邦洋は凝縮させた白炎の弾を啓蟄の顔にもう一度放つ。

同時に啓蟄から放たれた黒い光が、彼の顔をかすめる。

「タッチの差だったか」

啓蟄は倒れ込んで、ピクリとも動かない。

「……勝ったのか？」

と邦洋は疑問半分、警戒半分でつぶやく。

「奴の霊力が消えた。そなたの勝ちじゃ」

と煉が微笑む。

「よ、よかった。もう力が残ってない」

邦洋は全身から力が抜け、倒れそうになるのを何とか踏みとどまる。

「す、すごい」

「信じらんない」

声をあげたのは椿のチームメイトの女子たちだ。

彼女たちは自分たちを圧倒した鬼が、邦洋に倒される瞬間を目撃したのだ。

煉は啓蟄の死骸に近づき、

「雲《くも》というところかのう」

と彼女は邦洋にわからないことをつぶやく。

「こやつの死骸は残さないとまずいか？」

それから椿に問いかける。

「可能なかぎりは。誰が主犯なのか、どういった瘴霊だったのか、調査するための材料は必要とされるだろう」

椿は驚きながらも答えた。

「ふむ。死骸を分解して取り込めば、力を取り戻せるのじゃが」

と煉は言う。

「そうだな」

邦洋は考えながら空を見上げると、亀裂がいくつも入りはじめていた。

「啓蟄が死んで、結界の効力が死んだのか？」

と彼が言うと、

「うむ。じきに隔離効果は消滅し、教師たちと合流できるじゃろう」

煉が答える。

「ならこのまま待っているのはどうだ？　事情を話してから、取り込んでもいい範囲で取り込むのを報酬として認めてもらうよう、提案してみよう」

と邦洋は話す。

「それが無難かのう」

煉はうなずいたあと、

「それにしても邦洋には驚かされる。戦闘の天才だったようじゃな」

と彼女は感嘆する。

「えっ？　何だって？」

褒められた邦洋は理由がわからず困惑した。

「三回攻撃を受けたじゃろう？　思わず手を出そうとしたのじゃが、そなたはしのいだ。あれは見事じゃ」

と煉は熱く語る。

「どうやら妾は式神として最高の大当たりを引いたらしい」

そしてうれしそうに微笑む。

「俺だって煉は大当たりだよ」

と邦洋は言う。

彼らは理想の関係に近いと言えるだろう。

「ところで鬼呪って鬼同士なら、初見で気づくものじゃないのか？」

と彼は時間があるとみて、気になっていた点を聞く。

「人の子が使えるはずないという固定観念が、こやつにもあったんじゃろう」

と煉は答える。

「なるほど」

思い込みってこわいなと邦洋は感じた。

そのせいで彼はアドバンテージを確保できたのだろうが。

「あ、あのっ」

勇気を振り絞った必死な声に邦洋がふり向くと、助けた女子たちが立っている。

「助けてくれてありがとう！」

「とってもすごかった！」

どちらも椿とチームを組み、最初彼をあなどる態度だったふたりだ。

「どういたしまして」

百八十度くらい彼に対する評価が変わったらしいのはひと目でわかる。

（無事に助けられてよかった）

と邦洋が思ったところで、結界は消失した。

「全員無事か⁉」

そして教師たちの怒号に近い質問が聞こえてくる。

邦洋たちのところに駆けつけてきたのは渡辺《わたなべ》だった。

「外からじゃ解除できない結界が消えたってことは、お前たちが術者を倒したのか⁉」

彼は椿に話しかけたようでいて、視線は邦洋をとらえて離さない。

「倒したのは高井戸くんです。わたしたちは危ないところを助けてもらいました」

と椿が答えると、

「そうです、わたしも見ました」

「あ、あたしもです！　高井戸くんがすごかったです」

同じチームの女子ふたりも証言する。

「そうか。勝てるとしたらお前か、百草園くらいだと思ったんだ」

と渡辺は言って、啓蟄の死骸の近くに寄った。

「先生、その鬼は【渡り鬼】の啓蟄と名乗っていました」

と椿が報告する。

「【渡り鬼】だと⁉」

渡辺はぎょっとした。

「おそらく隔離結界を得意とした種で、強さ的には霧位《きりい》から雲位《くもい》じゃろう」

と煉が口をはさむ。

「そのあたりだろうな」

渡辺は悔しそうに言う。

「さっきから出てる霧とか雲って何だ？」

と邦洋が小声で椿に聞く。

「瘴霊のランクのことだ。霧位は下から三番め。雲位はそのひとつ上とされる」

彼女は小声で教えてくれる。

「霧位だろうが、雲位だろうが、学生がひとりで勝てる強さじゃないはずだが……」

と渡辺は複雑な表情をした。

どうやら邦洋は勝ち目がないはずの相手に勝ってしまったらしい。

「だが、よくやってくれた。お前がいなければ生徒たちが皆殺しにされていただろう」

と彼は言う。

邦洋は黙ってぺこりと頭を下げ、

「この死骸はどうするのですか？　うちの式神が欲しがっているのですが」

と渡辺に問いかける。

「研究や対策のために必要となる頭部と胸部以外はかまわないだろう。功績に対して報酬を払う必要もあるからな」

それが渡辺の答えだった。

「それはやむを得ぬのう。研究、対策とやらがはかどれば、主人殿の安全にもつながるのじゃからな」

と煉は配慮を見せる。

「理解に感謝するとしよう。それにしてもなぜ雲位ほどの鬼が出たのか」

渡辺が言ったところで人が集まってきた。

「本当ですよ。高井戸に俺たちは助けられました」

「わたしたちもあの男子に助けられたんです！」

永福をはじめ、見覚えのある男女が邦洋の活躍を主張している。

「本当にすごかったんですよ！」

「カッコよかったよね！」

と興奮している女子たちの姿を見て、

「そなた、一気に人気者になりそうじゃのう」

と煉が笑いながらからかう。

「まいったな」

邦洋は周囲の反応の変化の急激さについてこられず、頰《ほお》をかく。

同時にやせ我慢する力すらも使い果たして、ふらついた。

「おっと」

そこを椿が抱き留める。

「お疲れ様。あなたに助けられたね。カッコよかったよ」

と優しく微笑む。

同時に周囲の生徒たちから盛大な拍手が起こった。

エピローグ

帰り道のバス、邦洋《くにひろ》は行きと違って人に囲まれている。

「高井戸《たかいど》くん本当にすごかったんだから！」

「カッコよかったよねえ！」

彼に助けられた女子たちが、クラスメイトたちを相手にいかに彼がすごかったか、熱弁をふるっているのだ。

最初は半信半疑だった彼らも、彼女たちの情熱に感化されたのか、次第に邦洋を見る目が変わっていく。

尊敬のまなざしを向けてくる生徒たちが多い。

「高井戸がいるならクラス対抗戦も安心だな！」

「初めて蒼雛《そうすう》が勝てたりしてな！」

先の行事について楽しそうに語る男子も現れる。

（一気に変わったたな）

無力さに打ちのめされたクラスふりわけ試験。

そして孤独を感じた行きのバスと比べて、彼を取り巻く環境は激変した。

ヒーローになりたい願望を持っていた邦洋は最初困惑していたが、次第に満足感が湧き起こってくる。

(あの人の背中に向けて、ほんの一歩でも踏み出せたんだ)

それが何よりもうれしい。

「その子が式神なの?」

「可愛《かわい》い!」

一方で煉《れん》も興味の対象になっていた。

「やれやれ。人間は変わらぬの」

パンダ扱いされて怒るかと邦洋は思ったのだが、彼女は苦笑ですませている。

幼い外見に反して長生きだからか、人間の生態に慣れているのかもしれない。

時代を超えても変わらないのかと少し邦洋が思ったところで、

「妾の力が戻れば、【百鬼夜行】の術式を教えよう」

と煉が周囲の目を盗んでささやく。

「【百鬼夜行】?」

邦洋が聞き返す。

「うむ。百を超える鬼を支配する術式じゃ。さすれば啓蟄《けいちつ》ごとき、従えることなど造作もあるまい」

と煉は得意そうに言う。

「そんな術式があるのか」

邦洋が驚くと、

「術式に慣れない体ではまず扱えぬ高等術式じゃからな。いくらそなたが鬼呪を扱う才に恵まれておるとは言え、負担は軽いほうがよいと思ったのじゃ」

と煉は説明する。

「そのとおりだ」

邦洋は納得し、彼女の気遣いに感謝した。

「また練習だな」

と彼は笑顔を浮かべる。

「楽しそうじゃな」

煉が見上げながら言うと、

「ああ。強くなってできることが増えるんだからとても楽しいさ」

彼は言い切る。

「頼もしいかぎりじゃ。単なるビジネスパートナーには惜しいのう」

と煉は言う。

己が事情を明かしていないのに信頼を寄せ、鬼呪をすぐに使いこなし、驚く速さで成長し、ひとりでは勝算が少ないと見ていた啓蟄を倒してしまった。

(人として生まれた特異点というやつかのう)

かつて安倍晴明《あべのはるあき》がそうだったと煉は考えているし、邦洋も同種かもしれない。

(もしや邦洋なら立ち向かえるかもしれぬな)

彼女は淡い期待を抱き、自分でも驚く。

窮地をしのぐだけの関係のつもりだったが、そんな考えは薄れていた。

邦洋がどんな風に成長していくのか見ていたいという気持ちが大きくなっている。

「うん？」

怪訝《けげん》そうな顔をした彼に、

「妾が言えた義理ではないが、何やらきなくさくなりそうじゃな。正念場はこれからやもしれぬ」

と煉は声を低めて言う。

「そうだな」

彼女の言葉に邦洋は同意する。

実習場に鬼が出たことなどないし、そもそも野生の瘴霊自体、めったに遭遇しないはずだ。

何かが起こりはじめているのだろうか？

あとがき

初めまして、もしくはお久しぶりです。

相野仁《あいのじん》と申します。

今回は書き下ろしで現代ファンタジーを書く運びになりました。

担当のKさんと「現代ファンタジーいいですよね」「やりたいですね」と打ち合わせしたのがきっかけだったと思います。

そこから先は細かいことは覚えていないのですが、存在しない記憶があふれ出しているわけではないはず……。

これを書いてる時は寒いのですが、出るころはあたたかくなっていると思います。

ええ、信じています。

すっかり引きこもり生活が板についたので、スーパーやコンビニでスイーツを買ったり、本を買って読むのがストレス発散法になっています。

このままじゃ体重がヤバい気がしてなりません。

少しは運動したほうがいいのでしょうか……？

話を今作に戻します。

初めての企画でしたが、Kさんのおかげで何とか無事発売にたどり着くことができました。

Kさんとは共通した好きなものが多いせいか、よく話がそれてしまいますが、いつも辛抱強くつき合ってくださりありがとうございます。

おかげさまで良い出来に仕上がったと思います。

イラストレーターのクロがねや様、素敵なイラストをありがとうございます。

素晴らしすぎて著者の語彙力《ごいりょく》が死んだので、Kさんも翻訳が大変だったと思います。

スニーカー編集部様、引き続きお世話になります。

相野　仁

最弱呪術師《さいじゃくじゅじゅつし》、鬼神《きしん》の力《ちから》に覚醒《かくせい》する

著　相野《あいの》 仁《じん》

角川スニーカー文庫　23078

2022年3月1日　初版発行

発行者　青柳昌行

発　行　株式会社KADOKAWA
〒102-8177 東京都千代田区富士見2-13-3
電話　0570-002-301（ナビダイヤル）

印刷所　株式会社暁印刷
製本所　本間製本株式会社

●お問い合わせ
https://www.kadokawa.co.jp/（「お問い合わせ」へお進みください）
※内容によっては、お答えできない場合があります。
※サポートは日本国内のみとさせていただきます。
※Japanese text only

Printed in Japan　ISBN 978-4-04-112306-5　C0193

★ご意見、ご感想をお送りください★

〒102-8177 東京都千代田区富士見 2-13-3
株式会社KADOKAWA　角川スニーカー文庫編集部気付
「相野 仁」先生
「クロがねや」先生

角川文庫発刊に際して

角川源義

第二次世界大戦の敗北は、軍事力の敗北であった以上に、私たちの若い文化力の敗退であった。私たちの文化が戦争に対して如何に無力であり、単なるあだ花に過ぎなかったかを、私たちは身を以て体験し痛感した。西洋近代文化の摂取にとって、明治以後八十年の歳月は決して短かすぎたとは言えない。にもかかわらず、近代文化の伝統を確立し、自由な批判と柔軟な良識に富む文化層として自らを形成することに私たちは失敗して来た。そしてこれは、各層への文化の普及滲透を任務とする出版人の責任でもあった。

一九四五年以来、私たちは再び振出しに戻り、第一歩から踏み出すことを余儀なくされた。これは大きな不幸ではあるが、反面、これまでの混沌・未熟・歪曲の中にあった我が国の文化に秩序と確たる基礎を齎らすためには絶好の機会でもある。角川書店は、このような祖国の文化的危機にあたり、微力をも顧みず再建の礎石たるべき抱負と決意とをもって出発したが、ここに創立以来の念願を果すべく角川文庫を発刊する。これまで刊行されたあらゆる全集叢書文庫類の長所と短所とを検討し、古今東西の不朽の典籍を、良心的編集のもとに、廉価に、そして書架にふさわしい美本として、多くのひとびとに提供しようとする。しかし私たちは徒らに百科全書的な知識のジレッタントを作ることを目的とせず、あくまで祖国の文化に秩序と再建への道を示し、この文庫を角川書店の栄ある事業として、今後永久に継続発展せしめ、学芸と教養との殿堂として大成せんことを期したい。多くの読書子の愛情ある忠言と支持とによって、この希望と抱負とを完遂せしめられんことを願う。

一九四九年五月三日

日常ではさえないただのおっさん、
本当は地上最強の戦神
著 相野 仁 画 桑島黎音
Author: Jin Aino
Illustration: Rein Kuwashima
この男、
向かうところ敵無し——
日常に紛れる、とある最強戦士の英雄譚。
シリーズ好評発売中!
地道な雑用を進んでこなす“さえないおっさん”ことベテラン冒険者・バル。街の人々に慕われるそのおっさん、実は——帝国が誇る“八神輝”の一角として、地上最強の異能を振るう“戦神”バルトロメウスその人で!?
スニーカー文庫

落第賢者の学院無双
~二度転生した最強賢者、400年後の世界を魔剣で無双~
白石 新
Illustration
魚デニム
絶望から400年――
世界は最強賢者に跪く!
シリーズ好評発売中!
スニーカー文庫

超人気WEB小説が書籍化!
最強皇子による縦横無尽の
暗躍ファンタジー
最強出涸らし皇子の
暗躍帝位争い
無能を演じるSSランク皇子は皇位継承戦を影から支配する
タンバ イラスト 夕薙
無能・無気力な最低皇子アルノルト。優秀な双子の弟に全てを持っていかれた出涸らし皇子と、誰からも馬鹿にされていた。しかし、次期皇帝をめぐる争いが激化し危機が迫ったことで遂に"本気を出す"ことを決意する!
スニーカー文庫

入栖
—Author
Iris
神奈月昇
—Illust
Noboru Kannnatuki
マジカル☆エクスプローラー
—Title
Magical Explorer
エロゲの友人キャラに転生したけど、ゲーム知識使って自由に生きる
Reincarnated as a Eroge Hero's Friend,
I'll live freely with my Eroge knowledge.
マジエク 攻略 ルート
知識チートで
二度目の人生を
完全攻略！
特設ページは
▼コチラ!▼
スニーカー文庫

Милашка❤
時々ボ
ロシア語でデレる
隣のアーリャさん
story by sun sun sun
illustration by momoco
燦々SUN
イラスト ももこ
ただし、彼女は俺が
ロシア語わかる
ことを知らない。
特設サイトはこちら!
スニーカー文庫

お見合い話を持ってくる祖父に無理難題をつきつけた高校生・高瀬川由弦。数日後、お見合いの場にいたのは同級生の雪城愛理沙!? お見合い話にうんざりしていた二人は、お互いのために、嘘の『婚約』を交わすことになるのだが……。

スニーカー文庫

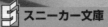

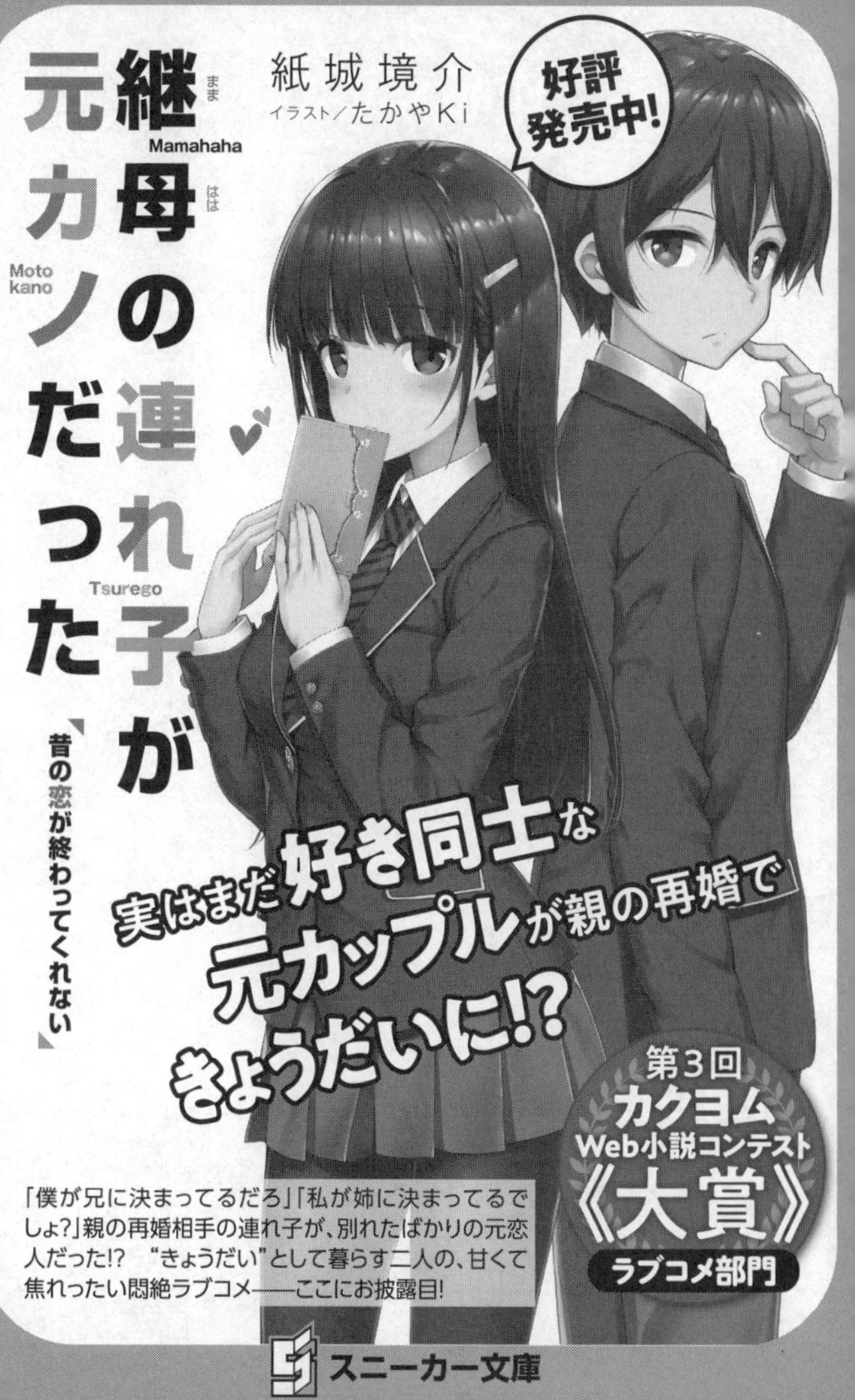

継《まま》母《はは》の連れ子が元カノだった
Mamahaha
Moto kano
Tsurego
「昔の恋が終わってくれない」
紙城境介
イラスト／たかやKi
好評発売中！
実はまだ好き同士な元カップルが親の再婚できょうだいに!?
第3回
カクヨム
Web小説コンテスト
《大賞》
ラブコメ部門
「僕が兄に決まってるだろ」「私が姉に決まってるでしょ?」親の再婚相手の連れ子が、別れたばかりの元恋人だった!? “きょうだい”として暮らす二人の、甘くて焦れったい悶絶ラブコメ——ここにお披露目!
スニーカー文庫

第28回
スニーカー大賞
作品募集中!
君の紡ぐ物語で
世界を変えよう。
大賞 300万円
+コミカライズ確約
金賞 100万円
銀賞 50万円
特別賞 10万円
締切必達!
前期締切
2022年3月末日
後期締切
2022年9月末日
詳細は・
ザスニWEBへ
https://kdq.jp/s-award
イラスト／左